제2회
세계청소년문학상
수상작

진녀의 일기장

전아리 장편소설

나무옆의자

차 례

1

내가 이렇게 된 데에는 이유가 있다

"야, 진짜 쟤가 정경자 맞냐? 그때 그 쥐방울만 했던 꼬맹이?"

오빠는 소파에 비스듬히 누운 채 감탄하듯 말한다. 오빠의 한 손은 부지런히 리모컨의 볼륨을 높이고, 다른 한 손은 반바지 속에서 엉덩이를 긁어대고 있다. 새로 시작한 드라마의 여자 주연은 나와 초등학교 동창인 정소라. 아니, 본명은 정경자.

몇 달 전쯤 극장 앞에 걸린 포스터에서 어쩐지 낯익다 싶은 얼굴을 봤는데, 아니나 다를까 얼마 뒤 연주에게서 전화가 걸려 왔다. 5학년 때 전학을 간 정경자가 연예인이 되어 나타났다는 것이었다. 그제야 나는 고개를 끄덕였다. 연주는 정경자의 초등학교 때 사진과 지금 사진을 대조해서 분석한 결과, 박피와 눈 앞트임 수술을 하고 코를 세웠으며, 턱을 두 번쯤 깎은 것 같다고 말했다.

초등학교 시절, 나는 매일 등굣길에 문방구에 들르곤 했다. 아이들을 놀려줄 새로운 상품을 찾고 정경자에게 사용할 방귀탄을 사기 위해서였다. 부웅, 소리와 함께 악취가 퍼지면 반 아이들은 작은 요괴처럼 발버둥을 치며 난동을 부렸다. 정경자는 얼굴이 새빨개진 채로 울면서 집으로 돌아갔다. 그 외에도 그 애 가방에서 몰래 과자를 꺼내 먹기도 하고, 실내화에 똥 그림을 그려 넣은 적도 있다. 그때만 해도 정경자는 얼굴이 거무튀튀하고 입술은 아프리카 토인처럼 두터워서 촌스럽기 짝이 없었다. 그 애는 사자의 발톱 아래서 죽은 척 잠자코 굴러 주는 온순한 토끼에 불과했다.

물론 사자의 역할을 담당했던 건 나다. 내 밑의 행동 대장은 연주였다. 연주는 나와 초등학교부터 고등학교까지 함께 다니고 있는 베스트 프랜드다. 초등학교 때는 내 똘마니였는데, 중학교 때부터는 주종 관계가 민망해서 친구가 되었다.

나는 교복 블라우스를 벗어 침대 위에 던졌다. 교복 치마 속의 허벅지가 땀으로 끈적거린다. 거울을 들여다보자, 아까 낮에 주임 선생한테 꼬집힌 어깨가 파랗게 멍들었다.

주임 선생은 내가 없으면 학교에 무슨 재미로 나올까 모르겠다. 매일 조례 시간마다 나를 찾아와서는 하루 동안 사고 치지 말고 얌전히 있다가 돌아가라는 말로 아침 인사를 대신하는 것이 취미다. 주임 선생은 다른 아이들은 체벌하지 않으면서도, 나에게만은 최선을 다해 매질을 한다. 학교에 불려갔던 엄마가 '제발 이 애는 매를 아끼지 말고 가르쳐 달라'고 부탁했기 때문이다.

오빠는 갈치조림을 잘도 먹는다. 엄마가 갈치 토막을 전부 오빠 그릇에만 옮겨 놓은 탓에, 냄비 속에는 불그죽죽한 무지짐만 남았다.

엄마는 오빠의 리모컨이다. 오빠가 "물." 하면 유리잔에 얼음을 동동 띄운 냉수를 갖다 바치고, "밥 더 줘." 하면 황송한 얼굴로 빈 밥그릇을 받아간다. 나도 가끔은 엄마에게 '물'이라고 말한다. 그럼 엄마는 젓가락질을 하다 말고 나를 빤히 바라본다.

"니 어미가 물로 보이냐?"

그러니까 말하자면, 엄마는 오빠의 광팬이자 나의 안티인 셈이다.

오늘 저녁 식탁에도 아빠는 없다. 엄마가 아빠의 잦은 야근과 출장에 핏대를 세우던 시절도 있었지만, 다 옛날 얘기다. 아빠를 집에 붙들어 놓는 것을 포기한 뒤로, 오빠에 대한 엄마의 애틋한 정성은 더욱 극진해졌다.

"너 요즘 잠잠하다? 뭐 한 건 터뜨릴 때 되지 않았냐?"

오빠가 히죽 웃으며 말한다. 나는 젓가락으로 막 집어낸 고기 완자를 오빠에게 던질까 말까 망설이다가 아까워 입에 넣는다. 오빠는 웃는 얼굴이 눈웃음을 치는 상이다. 거기다가 나는 허구한 날 볼펜으로 찌르고 있어도 생길 기미조차 보이지 않는 보조개까지 있다.

"내가 그나마 오빠니까 하는 말인데, 너 고등학교는 졸업해야 공장이라도 들어갈 수 있어. 계집애가 벌써부터 세상 무서운 줄 모르고 까불면 안 되는 거야."

오빠와 나는 연년생이다. 고작해야 저도 열아홉밖에 안 된 게, 수험 공부는 뒷전이고 매일 내게 시비 걸 궁리만 하고 있다. 따지고 보면 저나 나나 성적 안 좋고 학교에 소홀하기는 마찬가지인데 나만 문제아 취급을 당한다는 게 우습다.

창문 너머로 들어온 아침 볕이 민들레 씨앗처럼 살갗에 들러붙는다. 에어컨을 켜 놓은 교실 안은 시원하다. 딱 잠자기 좋은 온도다.

나는 담임의 조회가 시작되는 동안 이마 한가운데에 졸음을 모은다. 이마에 졸음을 모으는 데에는 고도의 기술이 필요하다. 온몸에 녹아 있는 졸음을 어르고 달래서 이마에 한데 모아 놓고 나면, 온몸이 기분 좋게 나른해진다. 눈이 핑 돌 정도로 어지러울 때까지 잠을 참고 있노라면 어느 순간 톡, 하고 뒷목에 독침 같은 것이 꽂히는 느낌이 든다. 그러면 쓰러지듯 책상 위에 엎어지고 만다. 그때부터 죽은 듯이 자는 거다. 대개는 점심시간 종이 울릴 때쯤 되면 저절로 깨어난다.

"직녀야, 일어나 봐."

누군가 어깨를 흔들어 댄다. 나는 느릿느릿 늪에서 빠져나와 축축한 풀숲을 헤치고 간신히 눈을 뜬다.

"뭐야?"

"주임 선생님이 빨리 내려오래."

반장이다. 나는 입가에 약수처럼 맑게 흘러내린 침을 들이마시고는 자리에서 일어난다. 교복 블라우스 아래로 배를 긁적이며 주변을 둘러보는데 연주가 눈에 들어오지 않는다.

최근에는 별다르게 일을 벌인 적이 없었는데. 오랜만에 들려온 주임 선생의 호출이라면 설마, 그 일이 걸린 걸까?

학생부실에 들어선다. 이 친근한 냄새. 주임 선생의 독한 스킨 냄새와 오래된 교실의 퀴퀴한 곰팡내가 한데 어우러져 팔씨름을 하고 있는 듯한 냄새다. 연주는 학생부실 바닥에 꿇어앉아 질질 짜고 있다. 이래서 연주는 만년 똘마니 근성을 벗어날 수가 없다.

진정한 문제아는 절대 울지 않는다. 바람 가르는 소리를 내며 매를 휘두르거나, 치열한 사회에서 허우적거리는 부모님을 들먹이거나, 한 치 앞을 내다볼 수 없는 미래로 협박을 해도 결코 동요해서는 안 된다. 눈물은커녕 표정의 변화도 일어나지 않도록 주의해야 한다. 혼나는 동안 카리스마를 유지할 수 있는 가장 좋은 방법은 다른 생각을 하는 것이다. 이를테면, 이번 여름방학에는 무슨 일을 할까나, 학교급식 담당의 남자 아르바이트생들은 지금쯤 무얼 하고 있을까, 주임 선생의 팬티는 무슨 색일까, 삼각일까 트렁크일까 등등의 생각.

"니가 사람이냐?"

주임 선생은 두꺼운 출석부로 내 머리통을 내리친다. 얼얼하고 시큰한 통증이 정수리를 타고 코뼈 위로 미끄러져 턱을 진동시킨다.

며칠 전, 연주와 나는 음악 선생의 가방을 훔쳤다. 작정하고 시작한 일은 아니었다. 젊은 여선생이 급식 담당 아르바이트생들과 이야기를 나누지만 않았더라도 굳이 그런 짓은 하지 않았을 거다. 내가 찍어 놓은 아르바이트생을 향해 배시시 웃는 음악 선생의 얼굴을 보고 있던 나는, 연주에게 턱짓을 했다. 10년 넘게 나와 호흡을 맞춰 온 연주는 내 사인을 단박에 알아챘다. 우리는 음악 선생이 퇴근하기 전에 늘 음악실에 들른다는 점을 이용했다. 후배를 시켜 음악 선생을 잠깐 불러내게 하고 그 틈을 타서 연주가 재빨리 가방을 들고 나왔다.

가방은 명품 짝퉁이었다. 지갑, 화장품 파우치, 수첩, 열쇠 따위가 들어 있었다. 나는 보라색의 가죽 수첩을 통해, 음악 선생에게 짝사랑하는 남자가 있으나 그는 잘나가는 대기업의 사원이고 이미 약혼녀도 있기 때문에 음악 선생을 길거리 전봇대만큼도 쳐다보지 않는다는 사실을 알게 되었다. 연주와 나는 음악 선생이 안쓰러워져서, 앞으로는 피아노 건반에 껌을 붙여 놓지 않기로 했다. 빈 지갑과 가방은 왠지 찝찝해서 공터 구석에 던져 버렸다.

"당장 어머니 오시라고 해. 그리고 너, 지금 가서 그 가방 다시 찾아와."

공터로 향하며 대낮의 도시를 한껏 둘러본다. 학교에 갇혀 있지 않다면 하루 동안에 얼마나 많은 일을 할 수 있을까. 슈퍼에 들러 입 냄새 제거 껌을 사서 씹으며 걷는다. 공터에는 폐타이어가 탑처럼 쌓여 있다. 사람들이 갖다 버린 망가진 집기들이 제멋대로 뒹군다. 나는 별 기대 없이 잡풀이 돋은 공터 구석을 훑어본다.

음악 선생의 가방은 벌레 먹은 벤치 밑에 마치 죽은 까마귀처럼 널브러져 있었다. 손으로 집기는 좀 더러워 보여서 나뭇가지로 끌어낭긴나.

"아주 여유로우시구먼. 아이구, 어디 소풍 다녀오세요?"

주임 선생이 빈정거린다. 옆에서는 엄마가 벌레 씹은 표정으로 나를 노려본다. 나는 가방을 내려놓고 범죄에 대한 응징을 기다린다.

"음악 선생님이 사정을 해서 그래도 퇴학 처분은 안 받은 줄 알아. 이번이 두 번째 받는 옐로카드니 마지막 한 장 더 받으면 진짜 퇴장이란 거 모르진 않겠지?"

주임 선생이 거들먹거린다. 엄마는 변상을 재차 다짐하고 정말 죄송하다며 고개를 숙인다. 많이 때려 달라는 부탁도 잊지 않는다. 퇴학은 말이 쉽지, 웬만한 문제로는 처분이 내려지지 않는다.

나는 예상했던 대로 정학, 좋은 말로는 사회봉사 4일 징계를 받고 풀려난다. 그나마 다행인 건 맞지 않았다는 거다. 징계를 받을 땐 따로 벌을 받거나 맞는 일이 없다.

학생부실을 나서는 순간부터 연주는 내 눈치를 보기 시작한다. 부은 눈가를 더 세게 문지르며 불쌍한 척 콧물을 훌쩍이기도 한다. 나는 입맛을 다시며 고개를 돌린다. 연주의 취미는 '비밀 발설', 특기는 '배신'이다. 사고를 친 뒤 연주 덕분에 꼬리를 잡힌 적이 한두 번이 아니다. 주임 선생에게 한바탕 깨지고 나면 연주는 나에게 손이 닳도록 빈다.

텅 빈 운동장을 바라보며 기지개를 켠다. 징계 처분을 받으면 본인보다도 주변 사람들이 더 예민하게 반응하는 것 같다. 솜털 돋은 개복숭아 같은 1학년 후배들은, "언니 징계 받으셨다면서요. 어떡해요." 하면서도 저희들끼리 화젯거리가 생겼다고 싱글거릴 것이고, 농익은 여드름처럼 조금만 건드려도 터질 것 같은 3학년 선배들은 건방지게 너무 나대고 다니지 말라며 핀잔할 것이 분명하다.

수업 종이 울린다. 나는 느릿느릿 교실로 향하며, 허전한 학교 운동장 한복판에 정글짐과 그네를 세웠으면 좋겠다고 생각한다.

학교를 마친 뒤 기분 전환의 필요성을 느낀 나는 곧장 집에 가지 않고 아빠 사무실에 들른다. 무역 회사에서 일하는 아빠는 키가 크고 미남이다. 머리가 희끗희끗 세어 갈수록 가을 나무 같은 은근한 멋을 풍긴다. 뿐만 아니라, 용돈을 줄 때도 쓰고 남은 동전이나 긁어서 던져 주는 엄마와 달리, 지갑에 들어 있던 빳빳한 만원짜리로 준다.

아빠는 로맨티스트다. 결혼을 했음에도 불구하고 늘 낭만적인 사랑을 꿈꾼다. 나는 아빠 주변에 맴도는 여자들을 반긴다. 나와 나이 차이가 크게 나지 않는 그 여자들은 전부 나의 봉이기 때문이다.

"스테이크 먹을래? 아니면, 립도 괜찮겠다."

오늘 만난 사람은 아빠와 같은 사무실에서 일하는 미스 정 언니다. 나이는 스물여섯. 웨이터를 부를 때마다 팔뚝 살이 출렁거리는 게 흠이지만 얼굴은 예쁜 편에 속한다. 미스 정 언니가 사랑의 라이벌로 삼고 있는 상대는 엄마가 아니다. 같은 사무실의 미스 한 언니다. 둘은 아빠를 사이에 두고 벌써 반 년째 신경전을 벌이고 있다. 나는 공평하게 번갈아 가며 두 언니들과 만난다.

"너도 같은 여자니까 내 맘 이해할 거야. 어제는 글쎄, 내가 사 드린 향수를 홀랑 깨 버리고 미안하답시고 점심시간에 나가서 새 향수를 사 온 거 있지. 아이, 촌스럽게 왜 눈물이……."

나는 왜 스테이크가 빨리 나오지 않나 생각한다. 내 저녁으로 제 살 한 덩어리를 기부한 소도 사랑이란 걸 해 본 적이 있을까? 풀로 뒤덮인 언덕에서 머리를 마주 비비는 두 마리의 소를 상상한다. 움머어어, 우움머어어.

덥지만 않으면 가끔은 사회봉사도 할 만하다. 무료 급식소에 가서 밥이랑 국을 푸고 청소를 하다 보니 시간이 후딱 지났다. 학교로 돌아가니 방학식이랍시고 성적표를 나누어 주었다. 연주는 이번 방학 때 엄마랑 둘이 태국에 간단다. 나는 성적표로 종이배를 접는다.

"너 당장 내놔."

어른들은 늘 나에게 뭘 그리 내놓으라고 요구하는 걸까.

현관문을 열고 들어서자마자 엄마가 낮은 목소리로 말했다. 나는 가방 속에서 이미 네 귀퉁이가 닳아 구겨져 있는 성적표를 떠올린다. 새삼스럽게 성적표를 보여 달라고 하나 싶어 느릿느릿 가방을 뒤진다. 엄마는 그럴 줄 알았다는 표정으로 나를 지켜본다.

"여기 있어."

성적표를 내밀자 엄마의 얼굴이 상어 등짝처럼 푸르뎅뎅한 빛깔로 굳는다.

"이거 말고!"

엄마가 바락 소리를 지른다. 나는 의아한 표정을 짓는다.

"너 또 엄마 카드 가져갔지? 엄마 미치는 꼴 보기 싫으면, 당장 내놔."

그럼 그렇지. 나는 내려놓았던 가방을 다시 메고 방으로 들어온다. 엄마가 요란한 소리를 내며 문을 젖히고 쫓아 들어온다.

"야 이 계집애야, 니가 도둑이야? 왜 자꾸 물건을 훔치고 그래?"

몇 달 전에 너무 갖고 싶은 청바지가 있어서 엄마 카드를 몰래 들고 나간 적이 있다. 그러나 이번엔 아니다. 그때 머리채를 잡혀 골룸이 되도록 머리칼을 뽑힌 이후로 엄마 지갑에는 결코 손을 댄 적이 없다. 뭐, 나는 오해를 받거나 누명을 뒤집어쓰는 것에는 익숙하다. 한때는 학교나 집에서 억울한 처지에 처할 때면 얼굴에 핏줄을 세우며 바락바락 대들곤 했다. 그러나 전부 기력 낭비라는 걸 깨달았다. 아니라는 게 밝혀지고 나면, 어른들은 사과를 하는 대신 도리어 더 화를 낸다. '니가 평소에 잘했어야지' 혹은 '그건 그렇고, 너 어른 대하는 말버릇이 그게 뭐야?'.

말이 안 통하는 거다. 이런 상황에서는 차분한 태도로 적당히 해명하는 편이 낫다. 나야말로 어른답게.

"내가 안 그랬어. 그때 안 그럴 거라고 했잖아."

"니가, 응? 니가 그런 말 지킬 애야? 지난번에도 성깔 부리면서 딱 잡아떼다가 걸린 게 너야."

나는 양말을 벗으며 한숨을 내쉰다.

"정석이한텐 물어봤어?"

"이게 또 왜 얌전한 오빠는 걸고 넘어져? 걔가 너 같은 줄 알아?"

그때 초인종이 울린다. 엄마는 나를 노려보다가 돌아서서 현관으로 나간다.

아니나 다를까. 저녁상 앞에 앉은 엄마는 잠잠하다. 항상 까불거리던 오빠도 오늘은 잠자코 밥만 입에 쑤셔 넣는다. 오빠는 밥을 반 그릇만 먹고는 기운 없는 표정으로 일어선다. 동정심을 유도하는 연출인 게 뻔히 보인다. 엄마는 "왜 좀 더 먹지." 하며 결국 오빠 앞에서 바로 꼬리를 내린다. 오빠는 고개만 설레설레 젓고 방으로 들어간다. 나는 보란 듯이 밥 두 공기를 먹어 치운다.

신발장을 흘끗 보니 새 운동화가 두 켤레나 놓여 있다.

열어 놓은 창문으로 매미 울음소리가 들려온다. 나는 쉽게 잠을 이루지 못한 채 창문 너머를 바라본다. 밤하늘은 보이지 않고, 아파트 맞은편 동이 드리운 어둠이 눈에 들어온다. 나는 느리게 눈을 깜박인다. 건너편 아파트의 복도에서 무언가가 움직인다. 어둠과 비슷한 빛깔이지만 좀 더 윤기를 머금은 짙은 빛이다. 그것은 이내 공중으로 가뿐히 떠오른다. 나는 좀 더 가까이 보기 위해 창문 밖으로 얼굴을 내민다.

밤하늘을 올려다본 나는 숨을 크게 들이마신다. 부윰한 남빛 밤하늘을 가로지른 긴 다리가 둥근달을 반으로 나누고 있다. 자세히 보니 그것은 온갖 종류의 새 떼다. 비둘기, 참새, 까치, 까마귀, 심지어 타조와 오리, 닭 들도 보인다. 새들의 날갯짓으로 이루어진 다리는 그 끝이 보이지 않는다. 나는 입을 벌린 채 창문 밖으로 좀 더 몸을 내민다. '조금만, 조금만 더.' 하는 순간, 몸이 붕 뜨며 발밑이 허전해진다. 나는 창문 너머로 고꾸라져 추락하기 시작한다.

"헉."

잠에서 깬다.

나는 어두운 부엌으로 나가 냉장고 문을 연다. 아직도 뛰고 있는 가슴을 진정시키며 냉수를 들이켠다. 얼음을 꺼내 씹으려고 냉동고 문을 열자, 분홍빛 엉덩이를 드러내 놓고 있는 냉동 닭이 눈에 들어온다. 흠칫 놀라 물러선다. 베란다로 나가 하늘을 올려다본다. 똥 개천처럼 까맣게 흐르던 다리는 보이지 않고 흰 달만 덩그렇게 나를 내려다본다.

"너 그거 위험한 꿈이다? 내가 보니까, 아주 심상찮은 흉몽이야."

연주는 해몽을 해 준답시고 잠깐 눈알을 굴리더니, 대뜸 말한다.

"너 강을 건너는 꿈이 황천길 가는 꿈인 건 알고 있지? 다리도 마찬가지라니까. 그걸 건너갔으면 지금쯤 넌 흰옷 입고 나무 침대 인에 누워 있었을지도 몰라."

연주는 약간 아쉬워하는 표정을 지으며 말한다. 나는 부채질을 하며 길거리 한쪽에 드리운 천막 앞에 멈춰 선다. '사주, 궁합, 타로'라고 쓰여 있는 천막을 들추고 들어가자, 후텁지근하고 찝찝한 공기가 살갗을 짓누른다. 누리끼리한 수염을 쓰다듬고 있던 노인이 앉으라는 시늉을 한다.

"각종 새들이 모여 있었다. 음, 혹시 그 안에 봉황은 없나?"

"닭이랑 타조는 있었어요."

"날지도 못하는 새들이 재수 없이 끼여서 다리를 놓았고, 그것을 바라보다가 곧장 추락했다?"

"그렇다니까요."

노인은 알 만하다는 듯 눈을 가늘게 뜨고 나를 쳐다본다. 그는 갑자기 목소리를 낮추고 얼굴을 가까이 들이민다.

"요즘 몸이 좀 안 좋지 않나?"

내가 대답하기도 전에 연주가 벼룩처럼 톡 끼어든다.

"맞아, 너 계속 피곤하고 몸도 찌뿌듯하다고 그랬잖아."

내 이름이 직녀라 혹시 견우라도 만날 운명의 오작교를 본 것 아닌가 하고 기대를 했는데, 괜히 아까운 짜장면값만 버리고 말았다는 생각에 기분이 우울해진다.

　노인은 손바닥으로 플라스틱 테이블을 탁 치며 고개를 끄덕인다. 연주는 수험생을 자녀로 둔 아줌마처럼 빛나는 눈빛으로 노인을 쳐다본다.

　"꿈 해몽만 하자면 에……, 뭔가 안 좋은 일이 생길 거 같은데. 이거 사실, 꿈만 갖고는 앞일을 점치기가 힘들지. 관상이랑 손금을 봐야 좀 더 확실한 답이 나오는데……."

　노인의 뻔한 수작에 나는 자리에서 일어난다. 그러나 연주는 이미 한쪽 손을 노인에게 맡기고 있다. 결국 연주는 관상이며 손금, 사주까지 운세를 보는 데만 2만 원을 쓰고 난 뒤 천막을 나선다.

　"너두 들었지? 스물두 살이 되면 내가 귀인을 만난다잖아."

　연주는 신이 나 말한다.

현재 키 167cm, 전에 쟀을 때보다 0.3cm 더 큼.

2
불편한 이웃

우리 집은 아파트 5층이다. 기역자로 꺾어진 복도를 끼고 한 층에 열두 집이 살고 있다. 그중에서 내가 알고 지내는 이웃은 우리집 양옆의 507호와 509호뿐이다.

507호에는 며칠 전까지 거구의 40대 노처녀가 살고 있었다. 일러스트레이터인 그녀는 종종 내게 자기 그림이 실린 잡지를 주곤했다. 숱이 적은 머리칼 사이로 누리끼리하게 드러난 그녀의 두피는 계절에 상관없이 늘 땀으로 번쩍였다. 엄마가 몽둥이를 들고쫓아올 때 그녀가 나를 숨겨 준 이후로 친구가 되었는데, 그 뒤로나는 의리상 한 달에 한 번씩은 그녀와 함께 목욕탕에 가곤 했다. 끝없는 벌판처럼 넓게 펼쳐진 그녀의 등을 밀어 주기 위해서는, 목욕탕 가기 전에 반드시 밥 두 공기 정도는 비워야 했다.

아무튼 그런 거구의 친구가 며칠 전에 경기도로 이사를 갔다. 그리고 복도 난간에는 오늘 아침부터 긴 이삿짐 사다리가 얹혀 있다.

오지랖이 넓기로 동네에서 알아주는 엄마는, 수차례 복도를 드나들며 새로 이사 들어오는 집의 세간을 흘끗거리기 바쁘다.

"아이고 애기 봐라."

이사 온 집의 현관문 앞쪽에 20대 후반쯤 되어 보이는 여자가 갓난애를 안고 있다. 연방 침을 줄줄 흘리는 애는 입 주변이 벌겋게 짓물렀다. 엄마가 아기를 얼러대며 친한 척 다가갔지만, 여자는 무심한 표정으로 서랍장이 실려 올라오는 승강기만 내려다본다. 엄마는 민망한 듯 아기로 향하던 손을 거두더니, 대뜸 표정이 뒤틀려서는 집으로 들어가 버린다.

내가 배운 삶의 교훈 중 하나가 단순한 사람의 기분을 상하게 하지 말라는 것이다. 단순한 사람은 배알이 뒤틀렸다 싶으면 그 즉시 상대방을 헐뜯고 다니기 시작한다. 게다가 기분이 나빠진 발단이 얼마나 사소한 것이었는지는 금방 잊고 마치 원수라도 되는 듯 증오심을 부풀리는 경향까지 있다.

독서실에 간답시고 가방을 메고 나온 오빠는 옆집 여자를 툭, 치고 지나간다. 여자 어깨에 늘어져 있던 아기가 보챈다. 나는 이삿짐 위에 거꾸로 올려진 아기 보행기 바퀴를 손끝으로 빙글, 돌려 본다.

509호에는 노부부가 살고 있다. 내외는 동네에서 금슬이 좋은 부부로 소문이 나 있다. 반상회에서 젊은 사람들이 건방지게 굴거나 억지를 써도 좀처럼 화낼 줄 모르는 마음 좋은 노부부는, 심지어 장을 보러 갈 때도 늘 둘이 함께 다닌다. 친절한 남편을 둔 여자에 대해 다소 부러움을 품고 있는 동네 아줌마들은 할아버지가 참양반 같으시다, 혹은 신사적이시다, 라는 칭찬을 아끼지 않는다.

509호 할아버지가 우리 학교 근처의 '신천지 노래방' 단골이라는 것을 아는 사람은 아마 이 아파트에 나뿐일 거다. 학교 뒤편에 있는 '신천지 노래방'은 방에서 지린내가 나고 기계가 후지다는 이유로 아이들이 좀처럼 가지 않는다. 거기 주인은 손가락이 한 개 없는 할아버지인데, 우리가 가면 노래방 공기가 맑아지는 것 같다며 시간을 무한대로 준다. 나는 가끔 후배들 기강을 잡으러 가거나, 혹은 돈이 없을 때 '신천지 노래방'을 찾곤 한다. 그곳에만 가면 언제든지 509호 할아버지를 마주칠 수 있는데, 가끔은 배 나온 할머니들과 함께 춤을 추는 모습도 눈에 띈다. 내가 유리문 너머로 빤히 쳐다보고 있으면, 할아버지는 마이크를 던지고 후다닥 밖으로 나와 빈 주머니에 용돈을 찔러 준다. 뭐, 이웃사촌이라는 말이 괜히 생겼겠나.

가끔씩 엄마가 저녁 산책을 나가는 509호 노부부의 뒷모습을 보며 한숨을 쉴 때면, 나는 집에 뜸한 우리 아빠에게 의아함을 느낀다. 아빠라면 저런 애처가로의 위장술쯤은 문제도 아닐 텐데, 어째서 엄마에게 살가운 거짓말을 해 주지 않는 것일까. 약간의 거짓말로 삶이 편해질 수 있다는 것은 분명 아빠도 알고 있는 사실일 텐데 말이다.

눈을 뜨니 집 안이 텅 비어 있었다. 허전한 배 속을 채우기 위해 냉장고 문을 여니, 냉장고는 내 속보다도 더 휑하게 비어 있었다. 나는 야채 박스에 별똥별처럼 굴러다니고 있는, 반 토막 난 사과를 씹으며 소파 위에 걸터앉았다. 후텁지근한 더위가 목덜미를 천천히 기어가고 있었다. 휴대폰에는 문자메시지 세 통이 와 있었다.

'또 자냐? 맛있는 거 사 줄게 우리 집에 놀러 와라.' ―연주.

'택배 받아 둬라.' ―엄마.

'선배, 동신여고 애들하고 시비가 붙었는데 싸울까요, 튈까요?' ―1학년 후배 선희.

나는 휴대폰을 집어 던지고 비스듬히 드러눕는다. 동물들은 겨울잠을 잔다지만, 나는 이상하게도 여름에 더 잠이 잘 온다. 잠과 빚의 공통점은 많이 취할수록 더 늘어나는 것이라더니 틀린 말이 아닌가 보다. 잠을 깨기 위해 얼굴을 대충 씻고, 오빠 방으로 들어간다.

세상이 멸망한다고 해도 절대 포기할 수 없는, 가장 재미있는 일 중의 하나가 바로 '오빠 방 뒤지기 놀이'다. 서랍 속이며 옷 주머니, 가방, 침대 밑과 책장 뒤편, 액자 틈새 등이 내가 주로 뒤지는 장소다. 주로 여자 친구랑 주고받은 연애편지나, 음란물을 고이 모셔 저장해 놓은 디스크, 운이 좋으면 비상금까지 발견할 수 있다. 물론 재수가 없을 때는 꾸깃꾸깃하게 접힌 채로 처박혀 있는 냄새나는 팬티나, 먹다 만 음식물 쪼가리가 손에 닿기도 하지만 말이다. 뒤지기 놀이에서 가장 중요한 작업은, 흔적을 남기지 않는 것이다. 필요한 물건만 감쪽같이 쏙 빼서, 오빠가 스스로의 기억력을 의심하게끔 만들어야 한다. 안 그랬다간 끔찍한 분노를 사게 되어, 도리어 내 방이 공격당할 수도 있기 때문이다.

연주는 텔레비전을 보며 다리털을 뽑는다. 나는 연주의 침대에 비스듬히 누워 에어컨 바람을 쐰다. 연주 방은 벽걸이 에어컨에서 부터 미니 냉장고, 플레이스테이션 게임기가 딸린 평면 텔레비전 까지 풀 세트로 갖춰져 있다. 연주네 엄마는 능력 있는 커리어 우 먼이다. 딸을 친구처럼 대하는 센스는 정말이지 눈물나게 부럽다. 2년 전, 연주네 부모님이 이혼하기 전에는 연주네 엄마도 우리 엄 마 못지않은 잔소리꾼이었다. 그러나 성격 차이로 연주네 아빠와 이혼하고 난 뒤에는, 그야말로 쿨해졌다.

"야, 피자 먹을래?"

연주가 뽑아 놓은 다리털을 후, 불며 묻는다. 나는 하품을 하며 고개를 끄덕인다.

"치즈크러스트에, 갈릭소스 많이 갖다 달라고 해."

"스파게티도 먹을 거야?"

"그걸 말이라고 하냐? 고구마샐러드도 시켜."

연주는 휴대폰을 찾아 피자가게 전화번호를 누른다. 용돈이 빵 빵한 연주는 항상 아까운 기색 없이 맛있는 걸 잘 쏘곤 한다.

"너희 오빤 뭐 해?"

연주가 묻는다. 나는 귀찮다는 표정을 지으며 못 들은 척한다.

"우리 둘이 먹기 좀 많은데, 너희 오빠 독서실에 있으면 오라고 할까?"

왜 내 주변의 여자들은 전부 오빠를 싸고도는 것일까.

"걱정하지 마. 내가 다 먹어."

나는 퉁명스럽게 말하며 발등을 긁적인다. 연주는 포기하지 않고 달라붙는다.

"너희 오빠 아직도 그 대갈통이랑 사귀어?"

대갈통은 오빠가 얼마 전까지 사귄 여자애다. 몸은 비쩍 마른 게 머리만 기이할 정도로 크다고, 연주가 붙인 별명이다. 오빠는 멍청한 여자애들한테 인기가 많아서 허구한 날 여자 친구가 바뀐다.

"아니, 다른 애로 갈아 치웠어. 시끄러우니까 드라마 좀 보자."

"치, 알았어."

연주는 입을 비죽인다. 그러나 이내 드라마 속 남자 주인공이 벽을 치고 우는 장면이 나오자, 무서운 속도로 그에 몰입하며 코를 훌쩍인다.

피자가 배달되고 얼마 있지 않아, 아까 연락한 민정이가 도착했다. 민정이는 학원 가방을 팽개치듯 내려놓고 욕실로 들어가 샤워를 한다. 연주는 문제집이 삐져나온 학원 가방을 마치 냄새나는 물건인 것처럼 방구석에 밀어 놓는다.

민정이는 우리 중에 가장 머리가 좋다. 전교에서 5등 안에 드는데, 신기한 것은 우리 쪽 서열에서도 다섯 손가락 안에 꼽힌다는 거다. 민정이는 열여섯 살이 되던 해의 봄에 문득, '공부도 좋은데, 대학 가기 전에 좀 놀아 봐야겠어.'라는 생각이 들어 공부와 노는 것을 병행하기 시작했다고 한다. 친구가 된 지 2년이나 되었지만, 내가 민정이 본인 외에 그 주변에 관해 아는 것은 거의 없다. 거기에 대해 민정이는 이렇게 말한다.

"적당히 거리를 둔 평행 관계가 좋은 거야. 두 개의 선이 어느 점에서 만나 버리고 나면, 그 뒤로 남는 건 멀어지는 일밖에 없어."

복도를 지나는데 507호에서 찢어질 듯한 아기 울음소리가 들려온다. 나는 거구의 여자가 남겨 놓고 간 현관의 우유 주머니를 힐끗 쳐다보고는 집으로 들어온다. 같은 아파트 아줌마들 네 명이 거실에 모여 있다. 엄마가 이끄는 소부대라고 할 수 있겠다. 내가 꾸벅 인사를 하자, 여덟 개의 눈이 재빨리 나를 훑는다. 내가 방에 들어가고 나면 분명 나에 대한 수다를 한마디씩 꺼낼 것이다.

그날 밤, 옆집에서는 밤새 무언가 깨부수는 소리가 끊이지 않았다. 여자가 악을 쓰는 소리, 남자가 울부짖는 듯한 소리도 이어졌다. 나는 벽에 한참 동안 귀를 대고 있었는데, 제대로 건져 들은 것은 "너 때문이야."라는 말뿐이었다. 계속 울어 대던 아기가 어느 순간 울음을 멈추었다. 시끄럽게 울려 대는 전화의 코드를 잡아 뽑은 듯, 옆집이 일순간 고요해졌다. 나는 숨을 삼키며 더욱 바짝 귀를 기울였지만 그 뒤로는 아무 소리도 들려오지 않았다. 혹시 시끄럽답시고 애를 베란다 밖으로 던져 버린 건 아닐까.

옆집 애가 죽은 것 같다고 오빠에게 말하자, 오빠는 "니 입은 먹는 데 아니면 헛소리하는 데만 쓰이냐?" 하고 핀잔했다.

509호 할머니가 저녁 식사에 나를 초대했다. 엊그제 할머니가 아파트 화단의 화분 나르는 것을 잠깐 도왔을 뿐인데, 햄버그스테이크를 대접하겠다는 것이었다. 여기가 뉴욕인 줄 아시나 싶었지만 일단 유쾌히 승낙했다. 요즘 오빠 몸보신을 시킨다고 잉어 달이는 냄새가 부엌에 가득해, 도통 밥맛이 나지 않았기 때문이다.

나는 할아버지와 마주 보고 식탁 앞에 앉아 있다. 어제도 노래방에서 만났던 할아버지는 감쪽같이 태연한 얼굴을 하고는, 내게 학교생활이 재미있느냐고 묻는다. 나는 어깨를 으쓱해 보인다. 이윽고, 음식을 나르던 할머니가 신이 난 목소리로 말한다.

"자아, 햄버그스테이크 나갑니다."

내 앞에 날라진 그릇은 고기 덩어리가 앞구르기를 해도 좋을 만큼 컸다. 할머니가 으스대듯 대접한 스테이크는 다름 아닌 3분 요리용 고기였다. 구색을 갖추기 위해 그릇 가장자리에 옥수수 통조림과 깍두기를 덜어 주었는데, 옥수수에서 흘러나온 물과 깍두기 국물이 흘러 고기를 축축하게 적시고 있었다.

"이왕 먹는 거, 분위기를 내야지."

할아버지가 자리에서 일어나 무언가를 찾으러 간다. 잠시 후 어디선가 반 토막 난 양초를 들고 나타난 할아버지는 식탁 가운데에 양초를 세우고 불을 붙인다. 시금치와 장아찌, 그리고 스테이크 사이에서 긴 촛불이 일렁거린다. 할머니는 함빡 웃으며 할아버지 몫의 스테이크를 조심조심 썰어 준다.

나는 고기와 함께 깍두기를 씹으며 생각한다. 아빠가 엄마에게 거짓말을 하지 않는 것은 어쩌면 거짓말을 할 필요성을 느끼지 못하기 때문이 아닐까. 그러고 보면 거짓말조차 필요 없는 관계란 꽤 슬픈 것 같기도 하다. 민정이의 말대로, 선과 선이 한번 맞물리고 나면 그 뒤로는 계속 멀어지기만 하는 것이 사실이긴 하지만, 둘 중 한 개의 선이 몸을 구부려 곡선이 되기만 하면 다시 만나는 것쯤은 별거 아닐 텐데.

선배 생일 파티에 다녀온 뒤, 댄스 교실에 등록하기로 마음먹었다. 나는 이제까지 내가 춤을 어느 정도 춘다고 생각했는데 아니었다. 노래방에서 내가 춤을 추는 모습을 민정이가 동영상으로 찍어 보여 줬는데, 애들 속에서 허우적거리고 있는 것이 마치 뭍에 던져진 낙지 한 마리를 보는 듯했다.

생각난 김에 갖고 있던 용돈을 털어서 아파트 상가의 댄스 교실 강습을 신청했다. 아이스크림을 빨며 상가에서 나오는데 유모차를 밀고 지나가는 507호 여자가 보인다. 나는 유모차 안의 아기가 무사한지 확인하기 위해 걸음을 빨리한다. 차양을 덮어놓은 유모차 속에서, 아기는 손가락을 꼼지락거리고 있었다.

얼떨결에 507호 여자와 함께 엘리베이터를 타게 된 나는 거울을 보는 척 시선을 돌린다.

"옆집 학생이죠?"

여자가 먼저 인사를 건다. 목소리가 약간 허스키하다. 엉거주춤 인사를 하자, 여자는 잠깐 망설이다가 조심스럽게 입을 연다.

"미안한데, 30분 정도만 우리 애 좀 봐줄 수 있을까요? 급한 일이 있어서 그런데."

내 약점은, 속공을 막아 내지 못한다는 것이다. 애들과 싸움판을 벌일 때도 마찬가지다. 내 수준에 맞는 상대가 시비를 걸어 오면 무슨 일이 있어도 마주 싸워 이기지만, 예상치 못한 상대가 갑자기 뛰어들어 덤비면 부지깽이처럼 약해 빠진 상대라고 해도 고전을 면치 못한다.

정신을 차렸을 때 나는 이미 아기를 안고, 젖병을 옆구리에 낀 채 집 안에 들어서 있었다.

"너는 어떻게 된 애가 밖에만 나갔다 하면 그렇게 문제를 끌고 들어오냐? 어디 방송에 좀 나가 봐라."

엄마는 부침개를 부치다 말고 버럭 소리를 지른다. 애기 정수리에 코를 묻자, 물큰한 젖내가 풍긴다.

"나도 이런 동생 하나 있었으면 밖으로 안 나돌았어. 분유 타주고 기저귀 갈아 주고 하면서 집에 붙어 있지."

나는 내가 대꾸하고도 좀 심한 거짓말이라고 생각되어, 잠자코 아기를 엄마에게 넘긴다. 자기 집에서는 그렇게 우렁차게 울어 대던 아기가, 엄마 품에 넣어 두니 조금 칭얼거리다가 곧 잠이 든다.

30분 안에 돌아오겠다던 여자는 네 시간이 지나도 나타날 기미가 보이지 않는다. 엄마는 기저귀에 똥을 잔뜩 싸 놓은 채 울어 대는 아기 엉덩이를 닦아 내며, 당장 옆집에 가 보라고 성을 낸다. 나는 하고 있던 컴퓨터게임이 이제 막판에 접어들어, 도저히 컴퓨터 앞에서 일어설 수 있는 상황이 아니다. 내가 키보드만 눌러 대고 있자, 엄마의 성화가 성가시다는 듯 오빠가 나선다.

"내가 갔다 올게요."

오빠가 나간 뒤에도 엄마는 나를 향한 질책을 멈추지 않는다. 거의 다 이긴 게임을, 키보드 한 개를 잘못 눌러서 져 버리고 만다.

"아, 진짜! 갔다 오면 되잖아!"

나는 죄 없는 마우스를 집어 던지며 자리에서 일어난다.

웬일로 착한 일을 한다 싶었던 오빠는 복도에 없다. 아이를 맡겨 놓은 507호의 현관문은 뻔뻔스럽게도 그 틈에 슬리퍼가 걸린 채 열려 있다. 좁은 틈이란 것은 으레 보는 이의 호기심을 끌어당기게 마련이다. 부부 싸움을 하며 그 난리를 부리더니 집 안은 멀쩡한가 싶어 슬그머니 문을 열고 안으로 들어선다.

여자를 부르려던 나는 숨소리를 죽인다. 거실은 노을빛에 잠겨 있다. 남의 집 거실 한가운데에 우뚝 서 있는 오빠의 뒷모습이 보인다. 오빠는 소파 위에 잠들어 있는 여자를 내려다보고 있다. 무언가에 홀린 듯 손을 뻗어 여자의 이마 위로 가져가려다가, 제풀에 흠칫 놀라 멈춘다. 오빠는 여자의 얼굴이 향하는 방향으로 기울이고는 여자를 한동안 들여다본다. 물풀처럼 길게 누운 여자의 어깨가 고르게 오르내린다. 곤히 잠든 여자의 숨소리가 미지근한 비늘을 가진 물고기가 되어 거실을 유영한다.

"왜 그냥 와?"

엄마가 날카롭게 묻는다.

"아 몰라!"

나는 방으로 들어와 새로운 게임에 접속한다.

"다 봤어."

나는 오빠의 침대에 걸터앉으며 여유롭게 말한다. 오빠는 '닥쳐, 꺼져' 등의 망발을 하지 않은 채 문제집에 눈을 박고 있다.

"엄마한테 꼬질러야지."

그래도 별 반응이 없다. 나는 오빠가 벽시계 뒤에 숨겨놓은 비상금을 보란 듯이 꺼내 눈앞에 흔든다. 오빠는 여전히 문제집만 들여다본다. 지리 과목 문제의 '보기'에는 여자 치마폭 같은 등고선만 여러 가지 색으로 얼룩져 있을 뿐이다. 재미가 없어진 나는 돈을 주머니에 넣고 방을 나온다. 오빠가 느끼하게 구는 것은 마음에 안 들지만 일단 약점을 하나 잡았으니 한동안은 팔자 좋게 지낼 수 있을 것이다.

아파트 상가의 댄스 교실에는 에어로빅복을 입은 아줌마 한 명과, 눈이 부리부리하고 골격이 커서 꼭 아저씨 같은 아줌마 한 명, 발랑 까진 초등학생 여자애, 그리고 내가 모였다. 늘씬한 강사는 이런 구성이 익숙하다는 듯, 개의치 않고 90년대 가요를 튼다. 스텝을 밟으며 팔을 움직이는 기본동작부터 배운다. 에어로빅복을 입은 아줌마는 넓은 실내 자리를 놔두고 꼭 옆에 와서 팔다리를 흔들며 몸을 부딪쳐 댄다. 눈이 부리부리한 아줌마는 열심히 따라 할 생각은 하지 않고, 주변 사람 춤추는 것만 두리번거려서 부담스럽게 군다. 기본동작을 반복한 한 곡이 끝나자, 초등학생은 배낭에서 비죽 튀어나온 만화책을 빼들고는 잠깐 바람을 쐬고 오겠다며 나간다. 정말이지 가관이다. 이런 데서 춤을 배웠다가는 오히려 더 놀림만 당하는 것이 아닐까. 그때, 강사가 수건으로 이마의 땀을 훔치며 다가온다.

"젊은 학생이 어쩜 제일 뻣뻣하네. 이렇게 해봐 봐, 팔을 이렇게 안쪽으로."

댄스 교실이 끝나고 에어로빅복 아줌마의 손에 끌려 다 같이 칼국수를 먹으러 왔다. 앞니가 누런 초등학생은 4인분의 커다란 칼국수 그릇에 담긴 바지락을 염치없이 다 골라 먹는다. 같은 아파트에 살면서 한 번도 본 적이 없는 사람들이다. 에어로빅복 아줌마는 우리 엄마랑 비슷한 부류인지, 누군가 상대해 주지 않아도 끝없이 수다를 떤다. 눈이 부리부리한 아줌마는 부끄러움이 많아서 뭔 말만 걸면 얼굴이 벌겋게 달아오른다. 다들 내 취향은 아니지만, 기가 막히게 좋은 식성 하나는 전부 비슷하다. 내가 나온 초등학교를 다니고 있지도 않은 초등학생은 내게 '선배'라고 불러도 되느냐고 묻는다.

땀으로 축축해진 몸을 손부채질하며 엘리베이터에서 내렸을 때, 무언가가 요란한 소리를 내며 내 발치로 굴러 왔다. 식은 밥 덩어리가 굳어 붙어 있는 스테인리스 밥그릇이다. 집에 있던 사람들이 문을 열고 복도를 기웃거린다. 복도 끝에서 507호 여자와 그녀의 남편이 한데 엉켜 있다. 살쾡이처럼 남편을 할퀴던 여자는, 휙 돌아서서 맨발로 부리나케 도망친다. 여자는 나를 밀치고 비상구 계단을 뛰어 내려간다. 여자가 남기고 간 바람에서 늪지대의 축축한 비린내가 풍긴다.

"골치 아픈 집이 이사 왔구먼."

누군가 혀를 차며 집으로 들어간다.

저녁 무렵이 되어 여자는 집으로 돌아온 듯했다. 부부가 그토록 격렬하게 싸울 수도 있다는 것을 증명한 것은, 자정이 넘어 도착한 경찰차였다. 잠자리에 누워 옆집이 싸우는 소리를 흥미진진하게 듣고 있던 나는 경찰들이 다녀간 뒤에야 눈을 감았다. 옆집을 신고한 사람이 오빠라는 사실은 물론 알지 못했다.

그 집 아기가 남편 아기가 아니다, 여자가 정신이 좀 이상하다, 둘이 부부 사이가 아니다 등등 507호를 향한 근거 없는 소문은 한동안 끊이지 않았다. 그러나 사람들의 관심은 이내 다른 데로 옮겨 갔는데, 옆 동의 어느 며느리가 시어머니를 때렸다는 소문 때문이었다.

나는 일주일에 세 번, 댄스 교실이 끝난 뒤 아줌마들과 초등학생과 함께 점심을 먹었다. 댄스 교실의 강사는 우리처럼 단결이 잘되는 수강생들은 처음 본다고 했다.

오빠는 요즘 곧잘 한숨을 내쉬곤 한다. 멍하니 한 곳을 응시하다가 입맛을 다시며 천장을 쳐다보고, 다시 고개를 휘휘 젓기를 반복한다. 엄마는 잉어를 먹었는데도 오빠의 기가 더 허해진 것 같다며 보약까지 지어 왔다. 나는 그저 오빠가 507호 여자 근처를 얼쩡거리다가 그 집 남편에게 묵사발이 되도록 얻어터지지 않기만을 바랄 뿐이다.

벌써 8월에 접어들고 있다. 한 줄 일기장에, 이 기록할 만한 사건을 적어 둔다.

얼간이 오빠, 사랑에 빠지다.

3
날파리, 피는 물보다 강하다

개학하자마자 아이들은 나더러 살쪘다고 난리다. 댄스 교실 모
임에서 열심히 먹어댔으니 그런 소리를 듣는 것도 무리는 아니지.
태국에 다녀온 연주는 그을린 팔뚝을 자랑스럽게 내보이며 섹시
하지 않느냐고 묻는다. 나는 기름 솥에서 새까맣게 탄 핫도그를
보는 기분으로 연주의 팔뚝을 꼬집는다. 연주가 피한답시고 팔을
휘두른 것이 뒷자리 아이의 턱을 가격한다.

"어, 미안."

"괜찮아, 괜찮아."

나는 뒷자리의 왕따, 날파리를 힐끗 돌아본다. 방학 동안 날파
리에게 일어난 변화라고는, 이마와 턱을 뒤덮고 있던 좁쌀만 한
여드름들이 콩알만큼 커져 노랗게 곪았다는 것뿐이다. 연주가 인

상을 찌푸리자, 날파리는 얼른 눈을 내리깐다.

왕따들의 특징은 화를 내지 않는다는 것이다. 울고, 눈치 보고, 겁낸다. 분노를 표현하는 방법도 기껏해야 저 자신을 괴롭히는 자학에서 그친다.

중학교 때 딱 한 번, 무서운 왕따를 본 적은 있다. 머리를 잘 감고 다니지 않을 바에는 차라리 확 짧게 샤르시 하라고 구박했더니, 다음 날 머리를 삭발하고 나타났다. 그 뒤로 나는 절대 그 애를 건드리지 않았다. 그러나 연주는 눈치 없이 계속 그 옆에서 깝죽거리다가, 그 애가 들고 있던 날카로운 컴퍼스 심으로 손등을 찍혔다. 연주는 세상에 있는 욕, 없는 욕을 다 만들어 내며 울부짖었고, 그 왕따는 유유히 전학을 갔다. 장담하건대, 그 애는 지금쯤 어디선가 크게 놀고 있을 거다.

사실 문제아와 왕따는 종이 한 장 차이다. 문제아도 지속적으로 문제를 일으키지 않으면, 혹은 곧잘 마주하게 되는 기싸움을 버텨 내지 못하면 곧장 왕따의 자리로 추락할 위험이 있기 때문이다. 그것도 보통 왕따들보다도 심하게, 평소 쌓여 있던 아이들의 복수심까지 가중되어 처절한 따돌림 생활을 버텨 내야 한다. 내가 계속 사고를 치는 이유도 다 그 때문이다. 말하자면, 나름대로 살아남기 위한 영역 표시의 의미랄까.

날파리 위에는 똥파리가 있다. 똥파리는 우리 학교 지구과학 선생인데, 날파리네 엄마다. 얼굴이 시커멓고 코밑에 남자처럼 수염이 나서, 애들이 똥파리라는 별명을 붙였다. 따라서 날파리라는 별명은 그 애 엄마로부터 내려왔다고 볼 수 있겠다. 똥파리 선생도 날파리 못지않은 왕따다. 교감은 똥파리 선생만 보면 못마땅한 듯 잔소리를 해 대고, 동료 교사들도 자기들끼리의 모임에 잘 끼워 주려 하지 않는 것이 눈에 보인다. 똥파리 선생은 고지식한 데다가 사소한 일에도 겁을 잘 낸다. 그러면서 또 애들 기강은 잡아 보겠다고 무작정 무시하고 의심만 하는 경향이 있어서, 아이들 사이에서는 최악으로 통한다. 가까운 예로, 그 반 아이가 복통으로 조퇴를 시켜 달라는데 "혈색이 너무 좋다. 두 시간만 더 참았다가, 그때도 아프면 보내 줄게."라고 거절했다가 애가 맹장염으로 실려 간 적도 있다. 하여튼 왕따 기질도 유전인가 보다.

나는 점심을 다 먹고 난 뒤에도 식판을 치우지 않은 채 급식실에 앉아 있다. 텅 빈 급식실에 연주와 나만 남았다. 급식 담당 아르바이트생이 다가온다. 내가 점찍어 두었던 아르바이트생이다. 연주는 내게 눈을 찡긋하고 발을 툭툭 건드리며 호들갑을 떨지만, 나는 태연스럽게 젓가락 끝으로 식판을 탱, 탱, 두드린다.

"다 먹었으면 치울까요?"

아르바이트생이 묻는다. 나는 눈을 치켜뜨고, 그를 빤히 올려다본다.

"아직 먹고 있는 거 안 보여요? 내가 알아서 치울 테니까 신경 꺼요."

예상대로 아르바이트생은 얼굴이 굳어 돌아선다. 앞으로 서너 차례 더 싸가지 없는 모드로 밀고 나가면, 아르바이트생은 나를 기억하게 될 것이다. 나는 마음에 든답시고 대뜸 연락처를 가르쳐 달라고 조르거나, 얼굴을 붉히면서 뒤를 쫓아다니는 촌스러운 짓 따위는 안 한다. 기왕 넘어오게 하려면 확실히 나한테 반하게 만들어야 한다. 휘파람을 불며 식판을 배식대로 옮긴다. 주방에서 나를 쳐다보는 급식 아르바이트생들의 시선이 느껴진다.

얄미움을 애정으로 변환시키는 데에는 보름쯤의 시간과 몇 그램의 자신감이면 충분하다.

급식실에서 나오는데 복도 끝에 똥파리 선생과 날파리가 보인다. 날파리가 자기 엄마한테 뭐라고 신경질을 박박 부리며 대들고 있다. 연주는 '끼리끼리 잘 논다'며 혀를 찬다. 하긴 날파리가 성질 부리는 것을 받아 줄 사람이 똥파리 선생밖에 더 있겠는가. 똥파리 선생은 어울리지도 않는 엄한 표정을 지으며 날파리에게 무어라고 설교를 해 대는 듯하다.

우리 엄마가 이 학교 선생이었다면 나는 진작 학교를 나가 방랑자로 떠돌며 살았을 거다.

"꼭 들어가야겠니?"

민정이는 한숨을 쉬며 묻는다. 나와 연주는 동시에 고개를 끄덕인다. 아마도 민정이의 눈에는 우리 둘이 덤 앤 더머처럼 보였으리라. 민정이는 주머니에서 열쇠를 찾아, 현관문을 연다. 좁은 실내에 머물러 있던 고요함이 슬그머니 밀려 나온다. 우리는 신발을 벗어 던지고 들어가 민정이 방을 찾는다.

"야, 이 사람 누구야?"

연주가 벽에 걸린 액자를 보며 묻는다. 사각형 액자 속에는 수제비 반죽처럼 얼굴형이 울퉁불퉁한 남자가 손바닥만 한 패를 들고 웃고 있다. 머리 위에 척 얹은 싸구려 선글라스와 목에 걸린 금목걸이가 유난히 돋보인다. 연주 쟤는 눈치가 없다. 설마 저 수염 난 아저씨가 민정이의 오빠이기야 하겠는가.

"우리 아빠야. 내 방은 저기."

민정이는 세탁기에 빨랫감을 쑤셔 넣듯 연주와 나를 자기 방 안으로 들이민다. 방 안은 문제집이 쌓인 책상과 이불이 잘 개켜진 침대로 남은 공간이 없다. 연주는 책상 서랍을 열어 구경하기 시작한다.

"내가 말 안 했나? 우리 아빠 가수야. 한때 밤무대에서 날렸어."

민정이가 교복을 벗어 옷걸이에 걸어 두며 말한다. 민정이는 어렸을 때 엄마가 돌아가셨다. 사실 우리 셋이 친해진 데에는 가정 환경상의 공통점도 작용했다. 엄마가 없는 민정이와, 아빠가 따로 사는 연주, 그리고 홀대받는 나.

"예전에는 아빠가 나 데리고 공연하러 다닌 적도 있었대. 거기에서 일하는 언니들이 날 많이 예뻐했다나. 한번은 아빠가 공연 마치고 나서 까무러치게 놀랐대. 대기실에 내려와 보니까, 내가 언니들 틈을 비집고 다니면서 일수 놀이를 하고 있었다는 거야. 아빠가 빨리 돌아가자고 손을 잡아끄니까 내가 '안 돼, 내 돈주머니들!' 하면서 발버둥을 치고 울더래."

민정이답다. 민정이는 나처럼 과격하게 싸우는 성격도 아니고, 연주처럼 까불거리며 사람을 괴롭히지도 않는다. 그런데도 반에서는 나나 연주보다 민정이를 더 어렵게 생각하는 아이들이 많다. 사실 나도 가끔은 민정이의 눈을 보고 있으면 지레 어깨가 움츠러드는 듯한 기분을 느낄 때가 있다. 민정이는 자기를 바라보는 사람을 향해 거울을 들이미는 듯한 눈빛을 하고 있기 때문이다.

집으로 돌아오는 차 안에서 친구들과 거리를 배회하는 오빠를 발견했다. 오빠가 저러고 다니는 줄도 모르고 마냥 철썩같이 믿고 있는 엄마가 불쌍해진다.

"엄마, 정석이는?"

나는 집에 들어서자마자 묻는다. 엄마는 청소기를 돌리다 말고 나를 힐끗 쳐다본다.

"웬일로 지 오빠를 다 찾아? 걔가 지금 이 시간에 집에 있냐? 독서실에 있지."

방으로 들어가려던 나는, 걸음을 멈추고 엄마에게 묻는다.

"엄마."

"아, 말해."

"엄마 학교 다닐 때 왕따였지?"

허공을 가르며 날아오는 청소기를 피해 잽싸게 방에 들어와 문을 걸어 잠근다.

나는 늦더위에 취해 책상 위에 엎어져 곤히 잠들어 있었다. 똥파리 선생의 지구과학 시간은 학교 수업 중에서도 가장 안전한 낮잠 시간이다. 내 단잠을 흔들어 깨운 것은 연주였다.

"그거 답 아니에요. 틀렸어요."

민정이의 목소리다. 똥파리 선생이 문제의 답을 또 틀린 모양이다. 실수인지 실력인지 몰라도 똥파리 선생은 가끔씩 문제의 답을 잘못 가르쳐 준다. 그럴 때마다 정답을 불러 주는 사람이 바로 민정이다. 연주가 눈짓을 해 보인 것은 뒷자리다. 나는 하품을 하며 날파리를 돌아본다. 날파리가 민정이를 노려보고 있다.

"뭘 그렇게 꼬나봐, 건방지게."

연주는 뒷자리를 향해 목소리를 죽여 말하며 눈을 부라린다. 날파리를 상대로 설쳐 봤자 파리채밖에 더 되겠어. 나는 고개를 절레절레 저으며 다시 책상 위에 엎어진다.

연주가 다시 나를 흔들어 깨운 것은 쉬는 시간이었다. 이번에는 정말이지 연주를 한 대 때려 줄 생각으로 몸을 일으킨다. 날파리가 민정이 자리 앞에 서 있었다. 연주는 냉큼 일어나 민정이 곁으로 다가간다. 여차하면 날파리를 밀어 자빠뜨려 버리겠다는, 위협적이고 우스꽝스러운 걸음걸이다.

"잠깐 얘기 좀 할 수 있을까?"

날파리가 기어드는 목소리로 민정이에게 말한다.

"여기서 말해."

민정이는 날파리를 쳐다보지도 않은 채, 다음 시간 교과서를 꺼낸다.

"저기, 나 지구과학 공부 좀 가르쳐 주면 안 될까? 돈은 낼게."

내가 아는 날파리의 성적은 민정이에 비해 뒤지지 않는다. 민정이는 가방에서 물티슈를 꺼내, 책상 위를 깨끗이 닦는다. 손을 자주 씻거나 먼지 쌓인 책상을 자주 닦아 내는 건 민정이의 고질적인 습관이다. 물티슈를 돌돌 말아, 쓰레기통 쪽으로 휙 던지며 민정이가 묻는다.

"얼마나 낼 건데?"

"너 정도 실력이면 대학생 과외비 이상이라도 줘야겠지?"

민정이가 날파리를 올려다보며 잠시 눈싸움을 하더니 픽 웃는다.

"생각해 볼게."

"고마워."

수업 시작종이 울린다. 연주는 싱거운 표정으로 자리로 돌아온다. 머리 좋은 것들은 이래서 싫다. 기싸움을 해도 참 피곤하게들 한다.

학교 연못에는 주홍색 금붕어 다섯 마리가 산다. 구석에 물레방아가 돌아가고 있는 연못은 물이 매우 깨끗하다. 그래서 나는 가끔 연못 물에 발을 씻곤 한다. 연주는 작은 금붕어가 예쁘다며 한 마리 건져다가 기르기도 했다.

오늘 5교시, 민정이의 녹색 체육복은 그 연못 위에 둥둥 떠다니고 있었다. 민정이는 체육복을 건져 물이 뚝뚝 떨어지는 체육복의 이름표를 확인했다. 그러고는 비틀어서 꽉 짠 뒤, 창틀에 널어 말렸다.

연주는 이런 일이 벌어지기를 기다렸다는 듯 날파리의 머리채를 휘어잡는다.

"너지?"

아구구구, 죽는 소리를 내며 날파리가 얼굴을 찡그린다.

"응, 내가 그랬어. 내껀 줄 알고 꺼내서, 먼지 털라고 하다가 창밖으로 날아가 버렸어. 민정이랑 나랑 사물함이 바로 옆이잖아. 미안해. 진짜 미안해."

날파리는 연주에게 잡혔던 머리칼을 풀어 다시 묶으며 울기 시작한다.

"미안해, 진짜."

날파리는 두 손으로 싹싹 빈다. 자기 체육복을 민정이에게 주겠다고 했지만 민정이는 거절한다. 연주는 혀를 차며 날파리의 머리를 쥐어박았다.

그것이 시작에 불과할 줄이야.

미스 정 언니가 향수를 선물로 주었다. 모 여가수가 뿌리는 향수라는데, 분홍색 액체에서 포도향이 난다. 언니는 때로는 시각적인 것보다 후각적인 인상이 더 깊게 남는다고 말한다. 우리 아빠한테 처음으로 반했던 것도, 아빠에게서 풍기던 은은한 스킨 냄새 때문이었다고 한다. 아빠는 주로 내가 선물한 스킨로션 세트를 쓰는데, 그렇게 생각하면 언니가 좋아하는 건 아빠가 아니라, 아빠를 거쳐 느껴지는 다른 여자의 취향이 아닐까?

향수를 손목에 몇 번 분사한 뒤 냄새를 맡아 보고 있는데, 아빠가 보인다. 회사 로비에 앉아 있던 나는 손을 흔들고, 미스 정 언니는 내가 얼른 집어넣어 버리지 못하도록 향수병을 만지작거린다. 아빠는 계속되는 야근 때문인지 피부가 거칠다.

"아빠, 팬티는 꼭 매일 갈아입어."

나는 속옷이 담긴 쇼핑백을 건네며 말한다. 미스 정 언니가 얼굴을 붉히면서 웃는다.

미스 정 언니가 준 향수는 그날 저녁에 사라졌다. 목욕을 하고 나왔을 때, 오빠가 내 방 앞에서 얼쩡거리는 것을 보았다. 어차피 향도 썩 마음에 들지 않았기에 없어져도 그만이긴 했지만, 아무래도 오빠가 괘씸해서 견딜 수가 없었다.

쉬는 시간, 민정이는 초코 우유를 뒤집어썼다. 발을 헛디뎌 쏟았다는 날파리는 발발 떨며 휴지로 민정이의 옷을 문질러 댄다.

"뭐 하는 짓이야!"

나와 민정이가 그 유치한 수법에 할 말을 잃고 서 있는 사이, 행동 대장답게 연주가 날카롭게 소리치며 날파리의 가슴을 밀쳤다. 날파리는 트럭이 와서 들이받기라도 한 듯, 배를 감싸 쥐고 신음을 내뱉으며 교실 바닥을 데굴데굴 구른다. 훌렁 뒤집어진 치마 안으로 속바지가 훤히 들여다보인다.

"야, 장난치지 말고 일어나."

연주가 을러댔지만 날파리는 눈물까지 찔끔찔끔 흘리며 굴러 댄다. 반 아이들이 날파리와 연주를 둘러싸고, 복도를 지나던 다른 반 아이들도 안쪽을 기웃거린다. 민정이는 단내를 풍기는 축축한 블라우스를 빨기 위해 화장실로 간다.

"무슨 일이야?"

복도에서 담임의 목소리가 들려온다. 연주의 얼굴에 당황한 기색이 스쳐 간다. 담임이 막 교실을 들여다보려는 찰나, 날파리는 부스스 일어나 자리로 돌아간다. 어정쩡하게 서 있던 연주도 얼른 내 옆으로 다가온다. 날파리는 눈물로 얼룩진 얼굴을 문지른다. 나는 얼빠진 표정으로 날파리를 돌아본다.

나는 이것이 명백한 협박이라는 것을 느낄 수 있었다. 왜 나는 이제껏 날파리의 자존심 없는 성격과 지질함이 하나의 공격 수단이 될 수 있다는 사실을 깨닫지 못했을까.

날파리 같은 왕따 따위는 건드릴 값어치도 없기에 그냥 봐주는 거라 생각하고 있었지만, 사실 냉정하게 생각해 보면 왕따이기 때문에 건드릴 수 없는 존재이기도 한 것이다. 보통 아이들과 부딪치면 어디까지나 애들 싸움에서 그치겠지만, 전교에서 왕따로 공공연히 알려져 있는 날파리를 건드리면 상황이 달라질 게 분명하다. 심심하면 사회문제로 대두되고, 심지어 경찰까지 개입하는 요즘 같은 때에 누가 집단 따돌림과 폭행이라는 영광스러운 훈장을 타고 싶어 할 것인가.

연주는 실수인 척하며 날파리의 옷에 딸기 우유를 쏟는다. 연주다운 수법이다. 날파리는 "괜찮아, 괜찮아." 하며 교복 블라우스를 펄럭인다. 민정이는 무관심한 표정으로 문제를 푼다.

종례를 마친 뒤, 민정이가 학원에서 과제로 빌린 시험지를 백 가방에 넣으려고 하고 있을 때였다. 득달같이 달려온 날파리가 "나 좀 잠깐 봐도 돼?" 하며 민정의 시험지를 쥐어뜯듯 낚아챈다. 갱지 시험지는 '쫘악' 요란한 비명을 지르며 찢어진다. 나는 또 분에 못 이겨 나서려는 연주를 말린다.

"미안해, 내가 원래 이 모양이야."

날파리는 바닥에 떨어진 시험지 조각을 주워 민정이에게 건넨다.

"근데, 나 과학 공부는 언제부터 가르쳐 줄 거야?"

순간, 시험지 조각들이 허공에 날려 흩어진다. 팔랑팔랑 날아다니던 시험지 조각이 교실 바닥에 사뿐히 내려앉았을 즈음, 얼굴이 벌겋게 달아오른 민정이가 날파리의 멱살을 잡고 있었다.

"너 진짜 나한테 죽고 싶냐?"

민정이가 선제공격을 한다. 날파리는 나 죽네, 비명만 내지를 뿐 손 한 번 내젓지 않는다. 연주는 잽싸게 앞뒤 교실 문을 닫는다. 돌아가지 않고 교실에 남아 있던 반 아이들이 우르르 몰려든다. 민정이가 싸우는 모습은 처음 본다. 심지어 우리 무리에 영입될 때도 몇 마디의 인사말과 카리스마만으로 선후배들을 휘어잡았던 민정이였다.

날파리는 바닥에 널브러진 채 민정이의 발길질 세례를 받는다. 누군가 등 뒤에 달려 있는 경고 버튼을 잘못 누르기라도 한 듯, 이성을 잃은 민정이는 옆에 있던 의자를 집어 든다. 내가 민정이를 저지하기 위해 황급히 손을 내뻗는 순간, 교실 앞문을 열고 낯익은 모습이 나타난다.

"야, 이 자식들아!"

주임 선생이다.

민정이는 열흘간의 방과 후 봉사활동 처분을 받았다. 날파리의 몸을 아끼지 않는 공격을 통해 우리는 피가 물보다 강하다는 사실을 몸소 실감했다. 그리고 나방이나 모기보다 잡기 힘든 것이 바로 날파리였다는 것을 새삼 깨달았다. 처음으로 학생부실에 불려 간 민정이네 아빠는 그날 저녁 민정이를 앉혀 놓고 꾸지람을 하는 대신 두 시간 넘게 〈아빠의 청춘〉이라는 뽕짝을 불러 댔단다. 무릎을 꿇은 채 그 지겨운 노래를 들어야 했던 민정이는 섣부르게 폭력을 휘두른 일에 대해 뼈저리게 후회했다고 한다.

튼 입술에 바를 바셀린을 찾으러 엄마 방에 들어갔다 나온 나는, 방으로 들어와 일기장을 펼친다.

내 향수, 엄마 방에서 발견.

4
꽃잎들은 흩날려 별이 되고

오렌지 주스는 입안이 저릴 정도로 시다. 나는 종이컵을 테이블 위에 내려놓고, 연주가 들어간 사무실 안쪽을 기웃거린다. 팸플릿 뭉치를 들고 지나가던 여자가 나를 흘끔 쳐다본다. 미간을 찡그리며 찔끔찔끔 주스를 다 마셨을 때쯤, 사무실 문이 열린다. 상기된 얼굴의 연주는 사무실 안쪽을 향해 거듭 인사를 되풀이한다.

"야, 잘했어?"

내가 묻자, 연주는 말도 말라는 듯 손을 내저어 보인다. 운동장을 몇 바퀴 달리기라도 한 듯 몹시 숨이 차 보이는 모습이, 아직도 흥분이 가라앉지 않은 모양이다.

"간단한 오디션은 통과했어. 계약 얘기 해야 하니까 임마랑 같이 오래."

연주는 가슴에 손을 얹은 채 눈을 크게 뜨고 말한다.

며칠 전, 연주는 명동에 나갔다가 길거리 캐스팅이 되었다. 명함을 건넨 곳은 모델들을 주로 관리한다는 연예 기획사였다. 기획사 관계자는 가까운 시일 내에 연락하고 오디션을 보러 오라 했다.

"끝내준다. 너 이제 연예인 되는 거야?"

"야, 연예인이 그렇게 쉽게 되는 건 줄 알아? 계약한다고 해도 연기 수업 받고, 노래랑 재즈댄스 같은 것도 골고루 할 줄 알아야지."

"모델 쪽 아니었어?"

"응. 처음에는 대부분 잡지 모델로 시작하는데, 더 크고 싶으면 기반을 다져 놓는 게 좋대."

연주와 나는 건물 안을 두리번거리다가 마론 인형 뺨치게 생긴 모델 두 명을 발견한다. 솔직히 연주가 피부 좋고 늘씬한 것은 사실이지만, 저렇게 쭉쭉 빵빵한 모델들과 동급이 될 수 있다는 것은 믿기지 않는다.

"눈은 앞트임을 하는 게 좋을 거 같더라. 요즘 고양이 눈이 유행이잖아."

연주는 마치 '편의점에 가서 샌드위치나 하나 사야겠어.' 하는 말투로, 곧 눈 성형수술을 받을 생각이라고 말한다.

"모델하면 아무 데서나 옷 갈아입어야 하고, 바지 입고 촬영할 때는 팬티도 안 입는다던데."

"프로잖아. 그까짓 게 대수인가."

연주는 벌써 톱 모델이 되어, 행거에 걸린 명품 옷을 고르고 있는 듯한 거만한 눈빛으로 대꾸한다.

"너희 엄마가 허락 안 하면 어떡해? 그리고 너도 애들한테 들었잖아. 이런 거 돈 뜯어먹는 사기라고."

연주는 걸음을 멈추고 나를 빤히 쳐다본다.

"부러우면 부럽다고 말해. 왜 자꾸 부정적인 얘기만 하는데?"

나는 고개를 젓는다. 연주는 지갑 속에 넣어 두었던 매끄러운 재질의 명함을 꺼내 꼼꼼히 다시 읽는다. 나는 연주 뒤통수를 툭 친다.

"그만 티 내. 니 콧대 너무 높아져서 미끄럼 타도 되겠다."

화장실 거울로 비춰 보면 얼굴이 유독 예뻐 보인다. 들은 바에 의하면 어두운 조명 빛과 습도 때문이라고 한다. 나는 묶었던 머리를 풀고 눈을 내리깔아 본다. 이대로 사진을 찍으면 패션 화보 뺨칠 정도로 분위기가 날 것이다. 이번에는 눈을 크게 뜨고 입술을 한껏 오므려 본다. 약간 몸을 돌려, 옆모습을 비춘 채로 우수에 젖은 표정을 지어 보인다.

"야, 배 속에 똥 나무를 키우냐? 적당히 끊고 빨랑 나와!"

오빠가 화장실 문을 두드린다. 나는 대답 대신 화장실 문을 한 번 요란하게 걸어차고는 밖으로 나간다.

"엄마 나도 성형수술 시켜 줘."

부엌으로 들어가 통명스러운 목소리로 말한다. 전화기를 머리와 어깨 사이에 낀 채로 마늘을 까고 있던 엄마는 나를 흘끗 쳐다보더니 다시 통화에 열중한다. 나는 이래서 문제다. 집에서 가족에게 도통 관심을 받지 못하니, 밖에 나간들 누가 내 쪽을 쳐다봐 주겠느냐는 말이다.

"나도 코 높이고 싶단 말이야!"

나는 바락 소리를 지른다. 엄마는 마늘을 까서 담던 플라스틱 통과 손칼을 들고 거실로 자리를 옮긴다. 여전히 전화 너머로 수다를 떨며 웃고 있다. 발을 구르며 거실로 따라 나가자, 엄마는 다시 부엌으로 간다. 내가 또 부엌에 들어서자, 인상이 험해진 엄마는 수화기를 손바닥으로 가리고는 낮은 목소리로 말한다.

"너, 이따 보자."

문을 쾅 닫고 방에 들어온다. 주머니 속에서 문자메시지 도착을 알리는 휴대폰 진동이 울린다. '엄마가 같이 가 준대. 앗싸!'. 나는 홧김에 연주의 문자를 지워 버린다. 침대에 벌러덩 누워 천장을 올려다본다. 똑같은 무늬의 제비꽃들이 일정한 간격으로 엮여 있다. 제비꽃 지나서 제비꽃, 또 제비꽃, 그리고 또 제비꽃.

벌떡 자리에서 일어난다. 엄마가 도와주지 않으면 내 힘으로 성형수술을 하면 된다. 내가 봐도 얼굴에서 유독 낮은 코만 제외하면 꽤 미인형이다. 후광효과라는 것도 있다는데, 코 성형만 하고 나면 인생이 분명 긍정적인 방향으로 바뀔 것 같다. 그렇게 생각하니, 마치 내 코가 이제껏 살아오는 데 있어서 길을 막고 있던 커다란 장애물처럼 생각되었다.

집 근처 피자가게에서 아르바이트를 시작했다. 문밖에서 한참 서성거리다가 들어간 것에 비해 고용이 확정되는 과정은 매우 빨랐다. 주민등록등본 한 장 떼다 낸 것을 시작으로 나는 흰색 유니폼 블라우스에 빨간색 모자를 쓴 피자가게 아르바이트생이 되었다.

나를 비롯한 여자 아르바이트생들은 주로 주방이 아닌 홀에서 일한다. 수희라는 농갑내기 여자애는 매니저 눈치를 봐 가며 나를 곧잘 도와준다. 꽁지머리를 묶고 흘러내린 잔머리를 실핀으로 올려 꽂은 그 애는, 다람쥐처럼 체구도 작은 게 일을 야무지게 잘하는 편이다. 성질 더러운 매니저가 쓸데없는 심술을 부릴 때마다 꼬박꼬박 따지고 들 줄 아는 것도 그 애밖에 없다. 매장을 총괄하는 것은 30대 중반의 남자 매니저다. 그는 피자를 너무 많이 먹어서인지 몰라도 얼굴에 식용유 같은 개기름이 줄줄 흐른다. 게다가 아르바이트생들을 향해 눈썹이 짙은 눈을 부라리거나 억센 사투리로 상욕을 해 대는 것도 예삿일이다.

나는 샐러드 바에 놓여진 플라스틱 통에 고구마샐러드를 짜 넣는다. 주문을 받거나 콜라 상자를 나르는 것보다는 그나마 제일 쉬운 일이라, 최대한 느릿느릿 시간을 끌며 짠다. 고구마샐러드는 코끼리 똥처럼 뚝뚝 떨어진다. 나는 킬킬거리며 손가락에 묻은 달달한 샐러드를 입으로 빨아 먹고, 슬쩍 옷자락에 닦는다.

"어휴, 쟤 또 왔네."

주희가 7번 테이블 쪽을 턱짓으로 가리키며 말한다. 나는 비닐봉지에 남은 샐러드를 힘주어 마저 짠다.

"지독해. 잊을 만하면 저렇게 애들 주렁주렁 달고 와서 피자 한 판 시키고 콜라 열 번 리필 해서 마셔. 웃기는 게, 애들한테는 피자 값을 세금 받듯 걷으면서 저는 한 번도 안 내요."

주희의 시선을 따라 7번 테이블 쪽을 돌아본다. 네댓 명의 여자아이들과 함께 7번 테이블을 차지하고 앉아 있는 것은 댄스 교실에서 만났던 초등학생이다. 그 애는 한참 동안 메뉴판을 들여다보더니 탁, 소리 나게 접는다.

"매일 먹는 거랑 콜라 한 잔."

주문을 끝내는 순간부터, 7번 테이블의 아이들은 무서운 기세로 떠들어 대기 시작한다. 실내 볼륨을 다섯 칸쯤 높인 것 같다. 나는 슬그머니 7번 테이블로 다가간다. 옆 친구의 머리카락을 잡아당기던 초등학생이 나를 알아보고는 화들짝 놀란다.

"사부! 여기서 뭐 해요?"

"그렇게 부르지 말랬지?"

"그럼 선배라고 불러도 돼요?"

"그것도 안 돼."

"사부, 여기서 아르바이트해요?"

초등학생은 매일 열 번씩 리필 받아먹던 콜라를 다섯 번만 받아먹고 돌아간다. "사부, 나 또 올게요"라는 인사를 남기고.

오빠는 내가 보름도 못 가 아르바이트를 그만두고 말 거라고 확신한다. 방과 후부터 계속 일하고 돌아온 뒤라 오빠에게 쏘아붙일

힘도 나질 않는다. 바깥일의 고됨을 모르고 집안에서 주는 모이만 콕콕 쪼아 먹는 오빠가 마냥 어린애 같다. 한심한 어린양과 다투기에는 내가 부쩍 어른이 되어 버린 기분이 들어, 무시해 버린다.

"경주네 엄마가 피자가게 지나다가 너 봤다더라. 뭐가 부족해서 거기서 그러고 있어? 공부하란 말은 안 할 테니까, 공부하는 흉내만 좀 내 봐."

엄마는 탄식조로 말한다. 세상의 모든 엄마들은 다 통조림처럼 똑같다. 샌님처럼 앉아 문제집에 코를 박고 종이 냄새를 빨아들이는 따위의 행동을 어찌 값진 노동에 비교할 수 있단 말인가.

샤워를 마치고 침대에 눕자 뻐근한 통증이 종아리 근육을 타고 올라온다. 오랜만에 느끼는 피로감으로 기분이 좋다. 나는 누운 채로 아직은 머릿속에서 헷갈리는 피자 메뉴를 차근차근 외워 본다. 절대 일을 그만두지 않을 것이다. 무언가에 쓸모 있는 역할을 하고 있다는 기분, 참으로 오랜만이기 때문이다.

주문을 받고 돌아서던 주희가 하품을 한다. 나와 눈이 마주치자, 민망한 듯 웃으며 소곤거린다.

"어제 두 시간밖에 못 잤어. 루프 마는 연습 하느라고."

나는 곧장 "루프가 뭐야?" 하고 되묻는다.

"나 사실 학교 안 다녀. 여기 월급으로 미용 학원 다니거든."

주방에서 피자 나왔다는 사인이 들려온다.

"넌 월급 타면 뭐 할 거야?"

주희가 주방 쪽으로 잰걸음을 옮기며 묻는다. 나는 무거운 쟁반을 받쳐 들기 전에 미리 손목 운동을 한다.

"으응, 책 사려고."

"진짜? 책값 버는 거야?"

"으응, 그런 셈이지."

주희는 대단하다는 눈으로 나를 바라본다. 나는 얼른 주희의 눈을 피해 치즈 피자가 담긴 둥근 쟁반을 손바닥에 올린다.

힘들게 번 돈으로 제 앞가림을 한다는 애 앞에서, '난 코 수술할 돈 모으는 중이야.'라고 대답하기가 멋쩍었다.

"맛있게 드세요."

테이블 위에 피자를 내려놓고 돌아서는데 문득, 몇 가지의 문제가 뾰루지처럼 톡 튀어나온다. 코 수술을 하고 나면 뭐 하지? 옷을 살까? 아니면, 졸업하고 여행 갈 돈을 모을까? 그럼 졸업하고 여행 다녀온 뒤에는 뭐 하지? 계속 피자가게에서 일하고, 그 돈으로 먹고살까? 그래, 그 삶도 나쁘진 않겠다. 근데 피자가게에서는 내가 마흔 살이 넘은 아줌마가 된 뒤에도 아르바이트를 시켜 줄까?

초등학생은 또 왔다. 이번에는 아기를 업은 할머니와 함께였다. 굳이 내게 주문을 하고 싶다며 나를 부르더니, 작은 사이즈 피자와 콜라 한 잔을 주문한다.

"얜 내 동생이에요. 사부도 밥 안 먹었으면 피자 한 쪽 먹어요!"

초등학생의 동생이라는 아기는 할머니의 등에서 고개를 한껏 기울인 채 정신없이 잠들어 있다. 피자 판이 거의 비어 갈 때쯤, 초등학생은 내가 아닌 다른 아르바이트생을 호출한다. 피자에 머리카락이 들어 있다는 것이다. 할머니는 손사래를 치며, 그냥 먹어도 된다고 피자를 베어 문다. 그러나 초등학생은 빳빳한 얼굴로 "바꿔 줘요!" 하고 말한다. 아르바이트생들은 아무리 봐도 머리카락의 색깔이나 길이가 초등학생의 것과 유사하다고 갸우뚱거린다.

결국 애꿎은 주방 아르바이트생들만 매니저에게 욕을 실컷 얻어먹고 새로운 피자를 만들어 내보낸다. 미안해서 어쩔 줄 몰라 하는 자기 할머니에게, 초등학생은 새로 나온 피자 조각을 건넨다. 피자 한 쪽을 갖고 30분 넘게 아껴 먹던 할머니는 그제야 속도를 내며 피자를 먹기 시작한다. 초등학생은 아주 잠깐 동안, 마치 어린아이에게 떡볶이를 사 주는 가난한 엄마의 눈빛을 하고 할머니를 쳐다본다.

"여기, 콜라도 더 주세요."

초등학생이 한 손을 들고 소리친다. 멀찍이 떨어진 테이블에서 주문을 받던 나는, 딸꾹질처럼 튀어나오려는 웃음을 삼킨다. 저거, 보통이 아니군.

일을 마친 뒤 회식 자리가 이어졌다. 오전 근무를 하는 사람들까지 모두 모여, 자리가 꽤 북적거린다. 가게에서 미성년자인 주희와 나는, 언니 오빠들 틈에 묻혀 맥주 한 잔씩을 얻어 마신다. 전골이 소리 내며 끓는다. 다른 사람들이 취한 뒤, 주희와 나는 몰래 맥주병을 숨겨 연거푸 술을 따라 마신다. 주희의 뺨이 곧 발갛게 달아오른다. 나는 자주 화장실을 들락거린다.

"내 손 좀 봐."

기분이 좋아졌는지 헤헤거리던 주희가 손바닥을 펼쳐 보인다. 벌겋게 부어오른 손바닥은 곳곳에 허물이 벗겨져 있다. 미용 약품 때문이라고 한다.

"야, 너는 힘든 거 배우려고 힘들게 돈 버는구나. 좀 더 쉬운 거 하지그래?"

나는 빈 맥주병을 흔들며 묻는다. 주희는 거친 손바닥을 바지춤에 슥슥 문지르고는 실없이 웃는다.

"너가 좋아서 하는 거겠지만, 솔직히 유명한 헤어디자이너 못 되면 지금과 별반 차이 없는 종업원이고, 잘해야 골목 미용실 하나 얻어 동네 아줌마들 쉰내 나는 머리 냄새 맡는 게 전부잖아. 그런 일에 벌써부터 네 젊은 인생을 맡기고 싶냐?"

나는 다시 방광이 부풀어 오르는 것을 느끼며 주희에게 말한다. 주희의 얼굴이 조금 굳는다.

"나 같으면 그 고생 하면서 미용 안 배운다."

내가 일어나 화장실에 다녀왔을 때, 주희는 돌아갈 채비를 마치고 있었다. 더 놀다 가자고 주희의 손을 끌었지만, 주희는 손을 뺀다.

"너, 남의 꿈에 대해서 그렇게 함부로 말하는 거 아냐. '그런 일'이라니, 넌 책값 벌어서 열심히 공부해. 변호사가 되든, 의사가 되든 얼마나 값어치 있는 일 하나 보자."

주희는 동료들에게 꾸벅 인사를 해 보이고는 가게를 나간다.

"쟤가 취했나 봐요."

나는 주희가 삐친 것 아니냐는 주변 사람들에게 대충 둘러대고 는 다시 흥겨운 분위기에 합류한다.

엄마에게 들키지 않게 조심스레 현관문을 연다. 거실에 버티 고 있던 오빠가 "돈 많이 벌었냐?"며 이죽거린다. 안방에서 엄마 가 나온다. 나는 혹여 술 냄새가 풍길까 싶어 입을 틀어막은 채 잽 싸게 방으로 들어온다. 속이 후끈후끈하다. 주희의 얼굴이 떠오른 다. 나는 얼른 고개를 저어 버린다. 그까짓 계집애, 한주먹거리도 안 되는 게 까분다.

무척 피곤한데도 쉬이 잠이 오질 않는다. 나는 방문 밖에서 들 려오는 엄마의 잔소리를 들으며, 한참 동안 뒤척인다.

"너, 좀 와 봐."

매니저가 나를 부른다. 나는 홀을 쓸고 있던 빗자루를 내려놓고 주방으로 들어간다.

"손님이 먹고 있는데 바닥을 쓸어 대? 어휴, 등신. 제정신이냐?"

나는 매니저가 말을 꺼낼 때마다 그의 입안에서 출렁거리는 검 붉은 혀를 쳐다본다. 따지고 들기도 귀찮아서 대충 사과하고 자리 를 피한다. 오늘따라 매니저의 기분이 저기압인 듯하다. 같이 일 하는 언니더러 옷이 더러우니 좀 빨아 입고 다니라며 괜한 트집을 잡지 않나, 배달 다녀온 오빠에게는 오토바이 놔두고 기어갔다 왔느냐고 면박을 주질 않나.

고등학교 교복을 입은 손님들이 몰려온다. 귀에 달린 큐빅 귀걸이며, 쫄바지처럼 줄여 입은 교복 바지를 보아하니 날라리들임이 틀림없다. 나는 주문을 받으러 다가간다.

"포테이토 피자랑, 콜라 피처, 미트볼 스파게티 하나."

"네, 또 필요한 거 없으신가요?"

"아, 맞다."

주문을 하던 남자애가 막 생각났다는 듯이 나를 올려다본다.

"여기 알바생 얼굴이 마음에 안 들어요."

남자애가 히죽 웃으며 말하자 교복 무리는 침을 튀겨 가며 웃어대기 시작한다. 나는 분노로 떨리는 손을 애써 숨기며 돌아선다. 내가 주방에 있었더라면 포테이토 피자 위에서 일부러 재채기라도 몇 번 해 주었으리라.

주방 앞에 다가서는데 매니저의 신경질적인 목소리가 불거진다. 이제까지 그가 내뱉었던 것 중에 가장 험한 욕설이다. 아르바이트생들이 주방 쪽을 흘끔거린다. 주문을 넣은 뒤, 다시 홀로 돌아가려던 나는 잠시 멈칫한다. 매니저의 욕설과 함께 주희의 목소리가 들려왔기 때문이다.

"사과하세요. 일부러 그랬잖아요!"

주희가 화가 난 목소리로 소리친다. 홀에 나와 있던 언니 한 명이 나를 툭 친다.

"저 매니저 자주 저래. 은근슬쩍 엉덩이 만지고 시침 떼기. 너도 조심해."

매니저는 우리 쪽을 돌아보더니, 일하지 않고 뭐 하느냐며 소리를 버럭 지른다. 언니들은 바닥에 떨어져 튕긴 콩알들처럼 재빨리 흩어진다. 나는 주방 안쪽으로 들어간다.

"분명히 만졌잖아요. 진짜 신고할 거예요."

주희의 목소리는 분명하다. 그러나 매니저가 눈을 부라릴수록, 그 애의 눈초리가 가늘게 떨리며 눈가가 불그스레해지고 있다는 것을 알 수 있다.

"이게 아주 사람을 몰아붙이네. 어디 신고해 봐, 나도 너 무고죄로 처넣을 테니까. 이게 보자 보자 했더니, 어른 무서운 줄 모르네."

주희는 눈에 고인 눈물을 애써 잡아 두려고, 제 코끝을 응시한다. 매니저는 주희에게 한 발짝 더 다가서며, 지금이라도 당장 경찰서에 가 보자고 선수를 친다. 나는 발걸음을 죽여 매니저의 뒤쪽으로 다가간다. 주문을 받느라 들고 있던 볼펜을 세워, 매니저의 엉덩이 사이에 힘껏 쑤셔 박는다.

"매니저님, 똥침!"

철퍼덕. 아르바이트생 오빠가 돌리고 있던 피자 반죽이 주방의 타일 바닥으로 떨어진다. 떨어진 반죽이 뚜껑이 되어 주방 안의 모든 소리를 막아 버린 듯, 정적이 흐른다.

"장난이었어요."

나는 황당한 표정으로 뒤를 돌아본 매니저를 향해 웃어 보인다.

오빠 말이 맞았다. 보름을 이틀 앞두고 피자가게에서 잘렸다. 매니저가 내 뺨을 때리려고 해서 나는 아빠가 강력계 형사라고 소리쳤다. 매니저는 감히 나를 때리지는 못하고 총 맞은 멧돼지처럼 씩씩대며 나를 노려보다가 주방을 빠져나갔다. 유니폼을 벗어 버리고 나오는데 주희가 뒤따라 나온다. 자기도 이번 달을 마지막으로 피자가게를 그만둘 거라고 한다. 나는 구겨진 교복 블라우스를 잡아 편다.

"사실, 나 책 사려고 알바한 거 아니었어. 코 수술하려고 일한 거였어."

나는 주희의 꽁지머리를 툭툭 건드리며 말한다.

"나 공부 찌질하게 못해."

주희를 향해 씩 웃는다. 그 애는 들고 나온 행주로 손을 문지르며 마주 웃는다.

"그렇게 똥침 잘하는 애 처음 봤어. 너 같은 애가 공부를 못하다니, 우리나라 교육에 문제 있다, 야."

주희가 말한다. 주희 뒤편으로 밤하늘에 뜬 별 서너 개가 눈에 들어온다. 그 애는 주춤거리다가 입을 연다.

"고마워."

"됐어, 나중에 머리나 공짜로 해 줘."

"나중에 송혜교가 손님으로 와도, 네 머리 먼저 해 줄게."

한쪽 어깨에 가방을 걸친 채 집으로 향한다. 주희는 얼마간 나를 바라보고 있다가, 다시 가게로 들어간다. 선선한 밤공기가 목덜미를 스치고 지나간다.

나는 우두커니 서 있는데 모두들 어디론가 바삐 향하고 있는 것 같다. 물에 뜬 꽃잎처럼 그렇게 아무것도 하지 않고, 아무것도 아닌 채로 살 수는 없는 것일까. 주희가 싸준 피자 한 쪽을 씹으며 걷는데도, 어쩐지 속이 허전하다.

연주는 모델이 되지 못했다. 연주네 엄마는, 계약을 위해서는 천만 원이 넘는 1년 과정의 트레이닝 코스에 등록해야 한다는 사실을 알고 그 자리에서 손을 내저었다고 했다. 그러나 연주는 잠시나마 자신을 단꿈에 젖게 한, 모델의 꿈을 버리지 못하고 한동안 명동을 방황했다.

내 통장에는 13일 치의 아르바이트비가 들어왔다. 초등학생을 불러내 돼지갈비를 한턱 쐈다. 그리고 그 애와 친구들을 시켜 피자가게의 손님 불만사항 접수 종이에 '주방 쪽에서 누군가 욕하는 소리가 들림. 무서워서 체할 것 같음'이라고 적어 놓도록 부탁했다.

민정이는 내게, 굳이 코를 높이지 않아도 코끝의 절묘한 위치에 점을 찍으면 코가 높아 보이는 착시 효과를 불러일으킬 수 있다는 것을 가르쳐 주었다.

나는 매니저의 엉덩이 사이에 잠수했다가 빠져나온 볼펜을 들여다본다.

어쩌면 내게도 무언가 재능이 있을지 모른다. 똥침 기술 빼고.

5
배들도 때로는 멀미를 한다

고모가 오셨다. 미국에서 내 선물을 잔뜩 사 들고. 고모가 왔다는 것은, 내 생활수준이 번데기의 허물을 벗고 나비로 진화했다는 것을 뜻하기도 한다. 60대 초반의 고모는 결혼한 적 없는 멋쟁이 싱글이다. 할머니가 일찍 돌아가신 뒤 아빠는 고모의 손에서 자라다시피했다고 한다.

"우리 직녀, 왜 이렇게 말랐누?"

고모는 루비 반지를 낀 손으로 내 얼굴을 이루만지며 묻는다. 나는 내가 지을 수 있는 가장 측은한 미소를 지으며 눈을 내리깐다.

"걔가 얼마나 잘 먹는데요. 살이 안 찌는 체질이라 그렇지."

엄마가 조그마한 소리로 말한다. 고모는 엄마를 흘끗 쳐다보고는 어린애를 다루듯 내 등을 두드린다.

"좋은 거 많이 먹인 애치고 이렇게 마른 애 못 봤다. 우리 직녀도 보약 한 첩 해 먹여야겠다."

고모는 그길로 내 손을 끌고 한약방에 가서, 아빠와 내 몫의 보약을 지어 주셨다.

독서실에서 돌아온 오빠는 쭈뼛거리며 고모에게 인사를 하고 얼른 자기 방으로 들어가 버린다. 나는 오빠의 뒤통수를 향해 여유 만만한 웃음을 날려 준다.

내가 일곱 살 때였나. 엄마에게 야단을 맞고 속옷만 입혀진 채로 문밖에 쫓겨난 적이 있었다. 그때도 나는 내 잘못에 대한 반성보다는 벌을 받고 있다는 사실이 분해서 눈물을 참으며 부들부들 떨고 있었다. 오빠는 현관문 사이로 얼굴을 내밀고 핫도그에 올려진 케첩을 빨아 먹었다. 내가 노려볼라치면, 얼른 집 안을 향해 "엄마, 직녀가 아직도 지 잘못을 몰라요!" 하고 소리를 질렀다. 처음에는 내 잘못을 인정하느니 아예 집 앞에서 얼어 죽어 버리겠다는 심보로 버티고 있었지만 30분쯤 지나고 나자, 자존심이고 뭐고 오줌이 마려워서 견딜 수 없는 지경이 되었다. 어떻게 해야 가장 덜 쪽팔린 방법으로 용서를 받을 수 있을까 고민하던 찰나에 저 멀리 구세주의 얼굴이 나타났다.

"아니, 여자애를 이렇게 밖에다가. 정신이 있는 게냐?"

고모는 나를 끌어안고 들어가, 엄마를 나무랐다. 더불어 동생이 벌을 받고 있는데 옆에서 깐죽거리고 있던 오빠는 미운털이 박혔다. 나는 나오지 않는 기침을 억지로 쏟아내며 구역질까지 해 댔다. 물론 그날 오전, 내가 옆집 꼬마 얼굴에 기찻길 같은 손톱자국을 남겨 놓아서 벌을 받은 것이라는 말은 하지 않았다.

고모는 우리 가족이 너무 보고 싶고, 마침 절친한 친구 딸의 결혼식도 있고 해서 나오셨다고 한다. 커다란 가방 속에서 내 몫의 옷가지가 줄줄이 나온다. 레이스가 잔뜩 달린 화려한 옷들은 내 스타일은 아니지만, 꽤 고가의 것들이라 만족스럽다.

"과외를 하게 된다고? 니가?"

연주는 믿을 수 없다는 표정으로 묻는다. 연주와 나는 몰래 기른 손톱을 주임 선생에게 들켜 학생부실로 끌려왔다. 우리는 학생부실 구석에서 주임 선생의 발톱깎이로 손톱을 깎는다.

"우리 고모가 나도 공부시켜야 된다고 영어 과외 선생 붙여 줬어."

"그래서 하기로 한 거야?"

"응, 오늘부터 시작하기로 했어."

공부라면 질색이지만, 난생처음 받아 보는 과외수업은 약간 기대도 된다. 여차하면 고모가 돌아가고 난 뒤 바로 그만두면 되는 거니까.

우리는 학생부실 바닥에 떨어진 손톱 조각들을 발로 슥슥 밀어 놓고 나온다. 밤새 쥐 떼가 우리 손톱을 삼키고, 우리와 똑같은 모습으로 변신해 준다면 얼마나 좋을까. 나를 대신해 학교 수업을 받게 하고, 나는 온종일 놀러 다닐 수 있을 테니까 말이다.

그러나 과외를 한답시고 들떴던 마음도 잠시, 나는 과외 교사가 온다는 사실을 까맣게 잊은 채 친구들과 노래방으로 향하고 말았다. 엄마의 전화를 받고 부리나케 집으로 달려왔을 때는, 이미 한참 전에 도착한 과외 교사가 나를 기다리고 있었다. 모 명문대학교 영어영문학과 2학년에 재학 중이라는 과외 교사는 뿔테 안경을 쓴 남자였다.

고모는 그의 회화 실력을 시험해 볼 생각이었는지, 유창한 영어로 말을 건넨다. 과장스러운 제스처까지 교환하며 대화를 하던 둘은, 이내 한층 부드럽게 풀린 분위기로 웃는다.

과외 교사의 이름은 박봉구. 흘러내리지도 않은 안경을 다시금 추켜올리는 습관이 있다. 이윽고 과외 교사와 둘이 남게 된 나는, 그를 빤히 쳐다본다.

"선생님이라고 불러야 해요?"

"그럼."

"여자 친구 있어요?"

"아니, 없어."

과외 교사는 마치 눈금자를 대고 반듯이 그린 도형 같은 인상을 준다. 그는 앞으로의 수업 계획과 함께 다음 시간까지 준비해야 할 문제집 목록을 적어 준다. 나는 그의 체크무늬 남방이 마음에 든다.

"지금 성적은 좀 심하다. 더 열심히 분발해야겠다."

나는 대번에 기분이 상한다. 이야기하는 도중에 간간이 영어를 섞어서 쓰는 것을 보니, 다소 잘난 척하는 경향도 있는 것 같다. 그는 직접 만들었다는 영어 프린트를 꺼낸다. 나는 몸 곳곳에 잠복해 있던 졸음의 기운이 무서운 기세로 일어서는 것을 느낀다.

"다음 시간부터 하면 안 돼요? 저 오늘은 배가 좀 아파서."

얼굴을 몹시 찡그리며 배를 움켜쥔다. 과외 교사는 의미심장한 눈길로 나를 잠깐 쳐다본다. 내가 신음 섞인 한숨을 내쉬자, 그는 별수 없다는 듯 '오케이'라고 대답한다.

고모가 오고부터 반찬 가짓수가 눈에 띄게 늘어났다. 뿐만 아니라 마지막으로 저녁을 같이 먹은 게 언제인지도 생각나지 않는 아빠까지 저녁 식탁 앞에 앉아 있다. 식탁에 모인 인원수는 많은데, 어찌 된 일인지 분위기는 조용하기 그지없다. 나는 오랜만에 보는 잡채와 갈비를 신나게 덜어 먹는다.

"요즘은 한 집 걸러서 애들을 유학 보내는 거 같더라."

치아가 시원찮은 고모는 갈비를 입에 물고 있다가 다시 그릇에 내려놓으며 말한다.

"예, 유학생이 그렇게 많다더라고요."

아빠가 맞장구를 친다.

"그래서 말인데, 직녀는 유학 보낼 생각 없니?"

입에 넣으려던 잡채가 주르륵 미끄러진다. 유학 가는 것이 인생의 목표인 오빠가 나와 고모를 번갈아 쳐다본다. 고기를 자르던 엄마가 대꾸한다.

"아유, 형님도. 여기서도 못하는 애가 거기 가서 뭘 하겠어요."

내 일이라면 일단 덮어놓고 무시하는 엄마가 못마땅하다. 입을 씰룩이며 한마디 끼어들려 하는데, 고모는 엄마가 아닌 아빠 쪽을 쳐다보며 말을 잇는다.

"못하면 잘하게 만들 방법을 생각해야지. 동생도 한번 생각해 봐라. 나 사는 근처에도 한국 애들 다닐 만한 좋은 학교가 있다더라. 직녀가 오면 내가 학비고 생활비고 다 댈 테니까 돈 걱정은 말고."

오빠의 목구멍에 밥 덩어리 걸리는 소리가 나에게까지 들려오는 듯하다. 나는 예상치 못한 고모의 제안에 가슴이 벌렁거리기 시작한다. 미국에서는 고등학생들도 운전을 한다던데, 나도 차를 몰고 등교할 수 있을까. 별의별 종류의 파티가 그렇게 많다고 하던데 고모라면 분명 파티에 어울리는 드레스를 아낌없이 사 주겠지. 미국 남자애들은 정말 모델처럼 잘생겼을까. 이런저런 생각을 하던 나는, 엄마와 눈이 마주친다. 곤란한 웃음을 짓고 있던 엄마는 나에게 험악한 눈빛을 보낸다. 나는 급히 시선을 돌리고 고모 옆으로 의자를 당겨 앉는다.

나는 고모가 사다 준 옷들 중 내 스타일이 아닌 것들을 골라 적당한 가격에 연주에게 팔아넘긴다. 연주는 리본과 레이스가 담쟁

이덩굴처럼 달라붙어 있는 블라우스들을 번갈아 입어 본다.

"좋겠다. 나는 고모도 없는데."

연주는 명절 때마다 엄마와 둘이 여행을 간다. 연주네는 기독교 집안이라 제사를 지내지 않는다. 따로 모여서 명절을 지낼 만큼 친척들끼리 친하지도 않다고 한다. 내가 유학을 가게 되면 연주 혼자 심심해서 어떻게 지낼까. 공부하느라 바쁜 민정이가 나만큼 연주 곁에 붙어 있어 줄 리는 만무하다. 나는 이미 미국에서 한 세월 보낸 것처럼, 연주의 방정맞은 표정이나 푼수 같은 웃음소리가 벌써부터 그리워지기 시작한다.

연주는 과외 교사가 잘생겼느냐고 묻는다. 나는 모 명문대학 영어영문학과 2학년인 밥맛없는 과외 교사에 대해 설명한다.

"어? 우리 사촌 오빠도 거기 영문학과 다니는데? 이름이 뭐라고?"

"박봉구래."

"아는 사인가 한번 물어볼까?"

연주는 휴대폰을 집어 사촌 오빠에게 문자메시지를 보낸다. 잠시 후, 삐빅 소리와 함께 휴대폰의 램프가 반짝인다. 메시지를 확인한 연주가 고개를 갸우뚱한다.

"오빠네 과에 그런 사람 없다는데?"

나는 연주를 시켜 사촌 오빠에게 재확인을 부탁한다. 3학년이라는 연주네 사촌 오빠는, 박봉구라는 이름의 2학년 후배는 없다고 대답했다.

과외 교사는 책가방을 옆에 끼고 내 방으로 들어온다. 나는 의자에 비스듬히 앉아, 그가 가방을 열고 노트 꺼내는 모습을 지켜본다.

"내가 말한 문제집은 샀어?"

그가 묻는다. 나는 눈을 가늘게 뜨고 웃는다. 그가 의아한 표정으로 나를 쳐다본다. 나는 한동안 뜸을 들이다가, 낮에 확인했던 사실을 고스란히 옮겨 말한다. 연주에게서 받은 그 애네 사촌 오빠 번호를 내보이며, 이미 그 한심한 사기 행각이 들통 났다는 사실을 일깨워 준다. 과외 교사의 낯빛이 물 빠진 청바지처럼 창백하게 질린다. 그는 내 책상 위에 놓아 둔 노트와 펜을 다시 가방 속에 밀어 넣는다.

"이거, 사기죄인 거 알죠?"

나는 주임 선생과 같은 말투로 묻는다. 과외 교사가 고개를 떨어뜨린다. 주임 선생이 이런 통쾌한 재미 때문에 나를 자꾸 괴롭히는 모양이다. 과외 교사는 모 명문대학이 아닌, 다른 대학교 재학생이라고 한다. 처음 들어 보는 대학 이름이다.

"작년에 보름간 연수 갔다 온 건 사실이야."

그는 내 눈치를 보며 말한다. 나는 과외 교사를 향해 싱글싱글 웃는다. 엄마와 고모에게 사실을 털어놓을 생각은 추호도 없다.

"내가 얘기하는 대로 해 주면, 조용히 넘어갈게요."

내가 그에게 제안한 것은 그다지 어려운 일이 아니었다. 과외비를 타는 날은 피자 한 판을 쏠 것, 그리고 영어 수업은 30분씩만 하고, 그 외에는 과외 시간마다 재미있는 이야기를 해 달라는 것이었다. 말하자면, 과외 교사는 『천일야화』에 나오는 셰에라자드가 되고 나는 왕이 되는 것이다. 과외 교사는 침을 삼키며 안경을 추켜올린다. 넙적한 안경알에 손자국이 묻는다. 이윽고 그가 천천히 고개를 끄덕인다.

"참, 지금부터는 봉구 씨라고 불러도 되죠?"

들고 보니 과외 교사 봉구 씨의 인생도 참 파란만장한 신파극이다. 시집간 누나는 카드 빚에 쫓겨 연락이 두절되었고, 한 살 아래의 남동생은 절도죄로 감옥에 있다고 한다. 집안에서는 삼류 대학에 다니는 봉구 씨가 무척 성공한 자식으로 통한단다. 봉구 씨는 학교에서 밴드를 하고 있는데, 얼마 전에 공연 도중 가게에서 빌린 전자 기타를 고장 내서 물어 줘야 한다고 했다. 봉구 씨의 꿈은 작곡가가 되는 거란다. 비록 아직은 인정받지 못하지만, 본인에게 음악에 관한 천재적인 재능이 있다고 굳게 믿고 있다.

봉구 씨의 이야기를 들으면 들을수록, 나는 그가 불쌍하다거나 우습다는 생각 대신 기묘한 동경심이 싹트는 것을 느낀다. 복고풍의 뿔테나 체크무늬 남방도 어쩐지 자신의 삶에 대한 그의 냉소가 담겨 있는 것 같아 멋스럽다. 핏줄이 도드라진 여윈 손등을 보자, 전자 기타 위를 빠르게 내달리는 그의 손이 상상된다. 나는 턱을 권 채 봉구 씨를 지그시 바라본다. 쌍꺼풀이 없는 눈과 흰 이마도 참 매력적이다.

그러고 보면 낭만은 언제나 예상치 못한 곳에 숨어 있다. 학력을 위조한 가짜 과외 교사의 눈에서 불행한 천재 예술가의 혼을 만나게 될 줄이야.

"허튼 생각 하지 마. 유학 절대 안 보내."

엄마는 낮은 목소리로 내게 경고한다. 내 의사도 묻지 않고 단호하게 반대를 할 건 뭐람. 속에서 잔뜩 뒤틀린 오기가 불거져 나온다.

"엄마가 해 준 게 뭐 있다고 내 앞날까지 막으려고 해? 고모는 자기 돈 들여서 나 가르쳐 준다잖아. 그렇게는 못 해 줄 망정 왜 반대부터 해?"

엄마가 거실 쪽을 흘끔거리며 내게 인상을 쓴다.

"너 목소리 낮춰."

나는 일부러 악을 쓰듯 더 크게 말을 잇는다.

"어차피 나한텐 신경도 안 쓰면서 유학 가든 말든 뭔 상관이야? 난 유학 갈 거야. 요즘 개나 소나 다 가는 게 유학인데 나라고 못 갈 게 뭐 있어?"

거실에서 고모가 엄마를 부른다. 엄마는 입을 닫고 나를 노려보다가 나간다. 감정이 격해져서 말을 하다 보니 어느 틈에 내가 유학을 가고 싶어서 안달이 난 것처럼 되어 버렸다.

미국에서 유학 생활을 하는 모습을 상상하자, 나를 둘러싸고 있는 지금의 모든 일상들이 한없이 초라하게 느껴진다. 나는 의자를 발로 걷어차 버린다. 바퀴 달린 의자는 맥없이 굴러 책상에 부딪친다.

고모는 보석이 박힌 꽃 모양의 귀고리를 귀에 꽂는다. 묵직한 귀고리를 매단 귓불이 축 늘어진다. 진하게 분을 펴 바른 얼굴에 파우더로 음영을 준다. 어릴 적에 나는 고모 화장품으로 장난치는 것을 좋아했다. 꾸미기 좋아하는 고모는 화장대 다리가 부러질 만큼 화장품이 많았다. 나는 마음에 드는 화장품을 몰래 주머니에 넣어 챙기기도 했는데, 그럴 때마다 엄마에게 들켜 엉덩이가 터질 만큼 두드려 맞곤 했다.

젊었을 적의 고모는 남자들에게 인기가 많았다고 한다. 거의 결혼할 뻔했던 적이 두 차례 있었는데, 운 나쁘게 깨지고 말았단다. 그 때문인지 친척들이 고모더러 팔자가 사납다고 수군거리는 소리를 들은 적이 있다.

"가자."

고모는 친구 딸 결혼식에 나를 대동한다. 호텔에서 뷔페식으로 한다는 말에 두말 않고 따라나섰다. 집 앞에서 택시를 잡아탄다. 좁은 차 안에 들어가자, 고모의 진한 향수 냄새가 유난히 얼얼하게 콧속을 파고든다. 택시 기사가 차창을 내린다.

서른이 넘었다는 노처녀의 결혼식은 생각했던 것보다 화려했다. 주례사가 이어지는 동안 졸던 나는, 누군가 다가와 고모에게 말을 거는 통에 깨어난다.

"너 우리 딸 결혼식에는 안 오고. 나 벌써 손자가 둘이다, 얘."

감색 투피스를 입은 고모 친구가 웃으며 말한다. 고모 친구들을 둘러봐도 고모가 입은 원피스와 구두처럼 고가의 브랜드로 치장한 사람은 보이지 않는다. 게다가 다들 주름이 자글자글한 할머니인 데에 비해 고모는 그들의 동생뻘이라도 되는 듯 젊어 보인다.

연주에게 '나 뷔페 먹는다. 8만 원짜리래.' 하고 염장을 지르는 문자메시지를 보내 놓은 뒤, 정신없이 음식을 퍼 담기 시작한다. 세 그릇쯤 비우고 나자 배 속이 더부룩하다. 화장실에 다녀오기 위해 자리에서 일어난다. 옆에서 수프를 떠 담던 내 또래 여자애 둘이 고모 쪽을 흘끔거린다.

"화장한 것 좀 봐. 가면 쓴 거 같아."

"난 늙어서 저렇게 하고 다니는 거 보면 좀 그렇더라."

나는 일부러 여자애들 가까이로 다가가, 어깨를 탁탁 부딪치며 지나온다. 여자애들이 어깨를 움켜잡고 나를 흘긴다. 화장실 앞에 도착한 나는 걸음을 멈추고 고모가 앉아 있는 쪽을 돌아본다. 음식을 먹고 있는 고모가 이상하게도 작아 보인다. 완벽한 대칭으로 그려 넣은 눈썹과 꼼꼼하게 칠한 붉은 입술이 어쩐지 고모를 더 늙고 지쳐 보이게 하는 것 같다. 이래서 남이 밥 먹는 모습은 쳐다보고 있는 게 아니라고 했던가. 나는 서둘러 화장실 안쪽으로 발을 뗀다.

피로연이 끝날 무렵 고모의 안색이 좋지 않았다. 고모는 옷이 너무 작아서 그런 것 같다며 손수건으로 연신 식은땀을 눌러 닦는다.

"건너가서 택시 타고 가요."

나는 고모와 함께 지하도로 들어선다.

"직녀도 빨리 시집가야지."

고모가 말한다.

"아직 고등학생인데요."

"너는 졸업하자마자 시집가서 자식 많이 낳아라."

나는 고모의 말에 웃음을 터뜨린다. 몇 걸음 나아가다가 돌아보니, 고모의 얼굴이 누렇게 떠 있다. 나는 고모의 팔을 부축하고 걸음을 재촉한다. 계단을 내려가 지하상가 앞을 지나는데, 고모가 입을 틀어막는다. 고모는 상체를 부르르 떨며 먹었던 것을 게워내기 시작한다. 옆을 지나던 사람들이 비명을 지르며 물러난다. 이내 주변에 시큼한 냄새가 퍼진다. 고모는 비틀거리며 몸을 일으킨다.

"먹은 게 얹혔나."

지하상가의 상인들이 가게에서 나온다. 나는 바닥에 질펀하게 깔린 토사물과, 멀찍이 떨어져서 이쪽을 지켜보고 있는 상인들을 번갈아 본다. 잘 빗어 넘겼던 고모의 머리칼이 흘러내려 뺨에 달라붙어 있다. 고모가 부축해 달라는 듯 내게 손을 뻗는다.

"안 치우고 그냥 가려나 보네."

"어휴, 냄새. 이봐요, 학생!"

등 뒤에서 상인들이 소리친다. 지하도는 왜 이렇게 긴 걸까. 고모는 비척거리며 천천히 걷는다. 사람들이 부르는 소리를 못 들은 체하고 지하도를 빠져나왔을 때는, 등이 온통 땀으로 젖어 있었다. 고모는 택시 안에서 고개를 기울인 채 눈을 감고 있었다. 그리고 집에 도착할 때쯤, 자동차 시트에 한 번 더 토했다.

"화장실에서 씻겨 드리고 왔어야지! 근처에서 약을 사 드리던가."

엄마가 나를 질책한다. 나는 대꾸하지 않고 방으로 들어온다. 오빠가 뒤따라 들어온다. 오빠는 진지한 표정으로 내 침대에 걸터앉아 입을 연다.

"난 네가 유학 가는 거 찬성이야. 내가 엄마 설득하는 거 도와줄게. 대신에 네가 먼저 가고 나서 나도……."

나는 오빠를 향해 의자 쿠션을 집어 던진다.

"나 유학 안 가."

"어?"

"안 간다고. 내 방에서 나가!"

창문에 드리운 블라인드를 올린다. 가을 햇볕이 주춤거리며 방 안으로 들어선다.

지하상가에서 나는 당황했다. 내가 알던 고모는 설령 남의 가게

안에서 토했다 쳐도, 당당히 큰소리를 치며 돌아 나올 사람이었
다. 그러나 상인들의 욕지기 속에서 나를 쳐다보던 고모의 눈빛은
예전과 달랐다. 나는 여장부 같은 고모에게서 보여서는 안 될 듯
한, 애처로움과 비굴함을 느꼈다. 나이가 들고 있는 고모는, 더 이
상 내가 응석을 부리며 매달려 지낼 수 있는 튼튼하고 든든한 고
모가 아니었다. 나는 그와 같은 사실이 어쩐지 슬프면서도, 불안
했다.

  며칠 후 고모는 미국으로 돌아갔다. 엄마는 전자레인지에 데운
보약을 던지듯 건네준다. 오빠는 한동안 풀이 죽어 있던 기가 다
시 살아나, 집 안에서 활개를 치고 다닌다.
  "엄마, 나 유학 좀 보내 줘요."
  오빠는 틈만 나면 엄마에게 조른다. 엄마는 괜한 화살을 내게
돌려, 오빠에게 헛바람을 들여놓았다고 한다.
  "지금은 너를 보호해 주고 있는 사람들이 많겠지만, 언젠가는
너를 보호해 주는 사람보다 네가 보호해야 할 사람들이 더 많아지
게 될 거야. 그건 당연한 거야."
  봉구 씨가 말한다.
  "너희 고모 참 센스 있으시던데. 난 그런 노인네들이 멋있어 보
이더라."
  봉구 씨는 혼잣말처럼 중얼거린다.
  나는 과외를 마친 뒤, 엄마 몰래 미국에 국제전화를 건다. "헬

로?"라고 묻는 고모의 목소리가 여느 때와 다름없이 활기차 보인다.

"고모, 거기서 살기 외로워지면 언제든 여기로 오세요."

전화 너머로 이처럼 말할 생각이었지만, 어쩐지 멋쩍다. 나는 잘 도착했는지 궁금해서 걸었다, 보약 감사하다 등의 엄마가 시켜서 전화한 것 같은 이야기만 늘어놓는다.

"음식은 꼭꼭 씹어 드세요."

나는 전화를 끊기 바로 직전, 빠르게 말하고는 수화기를 내려놓는다.

벽 거울을 들여다본다. 거울 속의 나는 항상 똑같기만 한데, 내가 정말 자라고 있긴 한 걸까? 내가 소리 없이 크고 있는 동안, 다른 사람들 또한 모두들 변해 가고 있는 것일까?

열린 창밖을 내다본다. 아파트 위쪽으로 달이 바라다보인다. 희미한 반달은 마치 하루의 책장을 침 묻혀 넘기는 누군가의 손자국 같다.

고모는 위장이 좋지 않아 병원에 다닌다고 했다. 적적해서 리트리버종의 개를 한 마리 샀다고도 했다. 금색 털을 가진 개는 고모보다도 크다고 한다. 덧붙여, 옆집에 아주 잘생긴 한국 유학생이 이사를 왔으니 마음이 바뀌면 언제든 오라고 전했다.

믿을 수 없게도, 중간고사에서 영어 성적이 올랐다. 묘한 표정으로 내 머리통을 손가락으로 꾹꾹 눌러 보던 엄마는 봉구 씨에게 계속 나를 가르쳐 달라고 부탁했다. 봉구 씨는 개인적인 사정으로 더 이상 과외 지도를 못 하게 되었음을 정중히 사과하며 거절했다. 눈치를 보니 내가 자신의 비밀을 알고 있다는 게 무척 부담스러웠던 모양이다. 나도 과외가 슬슬 싫증이 나려던 참이라 그를 풀어 주기로 결정했다. 오빠는 유학을 보내 주지 않는다고 단식투쟁을 시작했나. 언제쯤 철이 늘지 모르겠다.

오빠 몫의 고등어까지 깨끗하게 먹어 치우고, 포만감에 젖어 책상 앞에 앉는다. 영어 문제집 사이에 가려져 있던 한 줄 일기장을 꺼낸다.

언젠가, 나 혼자가 되면 견디기 힘들 것 같다.

6
가출

수원행 전철이 달린다. 나는 꾸벅꾸벅 졸다가 차창에 머리를 부딪치고 깨어난다.

오늘, 나는 가출을 했다. 발단은 학교 근처 영화관에서 학생부실로 걸려 온 전화 때문이었다. 어제저녁 우리 학교 교복을 입은 아이들이 패싸움을 벌였다는 신고가 들어왔다. 주임 선생은 다짜고짜 나를 비롯한 몇 명의 문제아 후배들을 호출했다. 후배들은 수업을 땡땡이치게 되어서 좋다며 저희들끼리 킬킬거렸다. 나는 두 시간쯤 심문을 당하다가, 결국 어제저녁 집에서 컴퓨터를 하고 있었다는 사실이 증명되고서야 풀려날 수 있었다. 집에 돌아가자 엄마는, 마치 내가 어제 일을 벌인 주동자라도 되는 듯 혀를 찼다.

나는 가방을 챙겨서 조용히 집을 나왔다. 당장의 생활비를 위해 오빠의 비상금을 들고 나오는 것도 잊지 않았다. 오해를 하고도 도통 사과할 줄 모르는 어른들에게는 신물이 났다. 뿐만 아니라 문제가 불거질 때마다 당연한 듯 불려 나가게 되는 내 처지도 답답했다. 집과 학교를 떠나 새 인생을 시작하리라. 보란 듯 돈을 벌어서, 나를 무시하던 사람들을 비웃어 줄 생각이었다.

거리를 배회하던 나는, 공중전화 부스로 들어갔다. 혹시라도 휴대폰 위치 추적을 통해 잡히게 될까 봐 내 고물 휴대폰은 책상 서랍 속에 버리고 왔다.

여덟 시가 가까워진다. 지금쯤 금요 드라마 〈마녀의 첫사랑〉이 방영되고 있겠지. 지난주에는 부잣집에서 가정부로 일하던 여자 주인공이 얼떨결에 남자 주인공의 옷장에 숨어드는 데에서 끝이 났는데, 그걸 들켰을까? 그리고 보니 오늘 자정에 하는 음악 프로그램에서 내가 좋아하는 일본 록그룹의 내한 공연을 보여 준다고 했는데. 에이씨, 하루만 더 있다가 나올 걸 그랬나.

친구가 사는 쪽방은 수원역에서 20분가량 떨어진 곳에 있었다. 가파른 경사의 골목길에 붙어 있다고 했다. 나는 골목에서 30분쯤 헤맨 뒤에야 그 집의 낡은 철 대문을 찾을 수 있었다. 친구는 자다 깬 얼굴로 머리를 긁으며 문을 열어 주었다. 중학교 때 친구인 선영이의 방, 정확히 말하면 선영이 외 4인의 방은 걸레쪽처럼 쪼그맸다. 방에는 노랑머리 계집애 하나가 벽에 바짝 붙어서 자고 있다. 선영이는 일단 한숨 자고 일어나서 얘기하자며 다시 방바닥에 드러눕는다.

나는 부엌으로 나간다. 시멘트 바닥에 물웅덩이가 고인 부엌은 세 개의 방에 사는 사람들이 공용으로 쓰는 모양이다. 각각의 쪽 방 문 앞에는 양동이가 하나씩 놓여 있고, 그 안에 마치 성탄절 선물 더미처럼 설거짓거리가 쌓여 있다. 냄비 하나를 꺼내 물로 대충 헹구고, 찬장에서 라면 하나를 꺼낸다.

방으로 들어와, 구석에 놓여 있던 버너에 불을 켜고 라면을 끓이기 시작한다. 물은 곧 보글보글 어린애 웃는 소리를 내며 해맑게 잘도 끓는다. 나는 라면이 채 익기도 전에 게걸스럽게 먹어 치운다.

"너 돈 없으면 여기서 지내. 한 달에 5만 원만 내면 돼."

무단가출을 했다는 내 말에 선영이는 내게 어깨동무를 하고 낄낄 웃으며 말한다. 늦은 밤이 되어서야 나머지 주인들이 들어오고, 어설픈 술판이 벌어진다. 양파링 봉지를 뜯던 노랑머리 계집애가 옆에서 벼룩처럼 톡 끼어든다.

"언니, 내가 일자리 아는데 소개해 줄까? 거기는 매운탕만 먹을 줄 알면 바로 취직되는데. 거기 사장님이 매운탕을 엄청 좋아하거든요."

한 잔 받아 마시자 기분이 좋아진다. 그러고 보니 늪지대 같은 집을 떠나 이런 데 들어와서 해적처럼 사는 것도 나쁘지 않을 것 같다. 다들 원래 알고 지내던 친구들처럼 편하고 살갑다. 한창 흥이 올라 있는데, 누군가 거칠게 방문을 걷어찬다. 방 안의 공기가 멈칫, 정지한다.

"누가 내 라면 꺼내 먹었어?"

문 앞에 서 있는 것은 거구의 사내다. 삶은 문어처럼 붉은 피부에, 양쪽 귀밑부터 턱에 이르기까지 검은 수염이 수풀처럼 뒤덮여 있다. 아이들은 재빨리 서로를 살핀다. 눈짓과 고갯짓이 놀고 놀아 멈춘 곳은 내 쪽이다.

"내가 먹었는데요? 라면 하나 갖고 시끄럽게 굴기는. 하나 사다 줄게요."

나는 턱을 치켜들고 말한다. 같은 패거리인 아이들이 든든히 버티고 있으니, 한마디씩 거들어 줄 거라고 생각했다. 그러나 남자의 얼굴이 심상치 않게 변하고 새삼 주변이 고요해지는 것 같아 둘러보니, 다섯 명의 아이들이 전부 나를 빤히 쳐다보고 있다.

"너 잠깐 나와 봐."

남자가 나를 가리킨다. 머뭇거리고 있자, 노랑머리 계집애가 흘끗 눈치를 보며 나를 툭 친다.

"나오라잖아요."

옆방 남자에게 실컷 욕을 먹은 뒤, 골목 어귀 슈퍼에서 라면 두 개를 사다 주고 난 뒤에야 방으로 돌아올 수 있었다. 아이들은 모두 잠들어 있다. 바닥에 널려 있는 과자 부스러기가 발에 밟혀 서걱거린다. 나는 바나나 껍질처럼 널브러져 있는 아이들 틈을 헤치고 들어가 몸을 웅크린다. 엄마는 지금쯤 내가 가출했다는 사실을 알고 있을까?

다음 날, 선영이는 내 여벌 옷 중에 검정색 민소매 티셔츠가 마음에 든다고 홀랑 꺼내서 입고 나갔다. 밥값도 안 내고 붙어 있으려니 좀 미안해서 아무 소리 않고 있었다.

선영이가 가출을 한 것은 열다섯 살 때다. 중학교 때 선영이는 싸움도 못하는 주제에 만사에 끼어들기를 좋아해서 애들에게 자주 얻어터지곤 했다. 먹는 건 엄청 밝히는 게 항상 돈 한 푼 없이 놀러 나온다고, 연주는 대놓고 선영이를 구박했다. 애들과 같이 어울려 다니는 자리에는 항상 선영이가 있었지만, 나는 은근히 선영이를 무시하는 축에 속해서 정작 긴 대화를 나누어 본 적이 없었다. 그 애는 할머니와 아빠와 함께 셋이 살았는데, 몸에 얼룩진 멍 자국 때문에 여름에도 긴소매 블라우스를 입고 다녔다. 걔네 아빠의 손버릇은 동네에서 유명했다. 소주병을 들고 마시면서, 안주 삼아 선영이를 때리고 학대하는 것이 취미였다.

열다섯 살의 생일, 선영이는 카센터에서 일하던 네 살 연상의 남자 친구를 데리고 집으로 들어갔다. 그리고 할머니와 아빠가 보는 앞에서 짐을 챙겨 집을 나왔다고 했다. 나오기 직전에 부엌에 꽂혀 있던 자기 수저를 화장실 변기에 풍덩 빠뜨렸다는 이야기는 그 뒤로 여러 차례 들었다. 선영이네 아빠가 술에 취해 휘청거리며 골목 밖으로 따라 나왔지만, 피부가 가무잡잡한 그 애의 남자 친구가 떠다밀어 보기 좋게 나동그라졌다고 했다.

"이 박선영이는 이제 세상에 무서울 게 없다 이거야."

그때의 선영이는 이따금씩 걸어온 전화 너머로 무슨 구호를 외치듯 말하곤 했다.

새벽에 주유소에서 일한다는 선영이의 몸에서는 기름 냄새가 난다.

"야, 삐까뻔쩍한 외제 차 끌고 오는 남자들 볼 때면 벌컥 문 열고 태워 달라 그러고 싶어. 왜 영화 같은 데서는 그러면 남자가 바다도 데려가 주고 하지 않냐? 근데 그런 거 다 지어낸 얘긴가 봐. 사은품 하나 잘못 챙겨 줬다고 쌍욕이나 해 대고. 그래도 난 주유소에 외제 차 미끄러져 들어올 때마다, 호기심 반 기대 반으로 먼저 달려가서 기름 넣어 주곤 해. 또 아냐? 어떻게 잘돼서 인생 역전할지."

"만약에 진짜 '야, 타!' 그런다면? 누군지도 모르는데 겁 안 나?"

내 말에 선영이 픽, 실소를 지으며 말을 받는다.

"나는 처음부터 빼앗긴 건 있어도 받은 것은 없었어. 그런 내가 더 잃을 게 뭐가 있다고 겁이 나겠니? 억울하고 불공평해. 똑같은 출발선에서, 똑같은 시간에 달리기를 시작했음 나도 여기까지는 안 왔다고."

선영이도 많이 컸다. 슬금슬금 눈치만 봤던 예전과 비교하면 눈빛도 꽤 살벌해졌다. 잃을 게 없는 사람은 세상에 무서운 게 없는

법이다. 학교에서도 그런 상대와는 정면으로 맞부딪치지 않는 편이 좋다는 것쯤은 경험을 통해 알고 있다. 그리고 선영이의 뒷말은 나도 동감한다. 나 역시 공부를 안 하는 건 너무 억울해서다. 수업 시간에 영어 단어 좀 외우는 데도 민정이 같은 애는 10분이면 끝나는 것을, 아무리 마음잡고 해 봐도 나는 30분이 걸린다. 이 얼마나 불공평한가. 물론 한 시간이 걸려도 못하는 연주 같은 애도 있어 그나마 다행이지만.

좁은 공용 화장실에서 세수를 마친 선영이는 걸려 있는 수건에 대고 킁킁 냄새를 맡는다. 악취가 나지 않는 것을 확인하고 물기를 훔치더니, 대야에 남아 있는 물을 발에 끼얹는다. 나는 물에 둥둥 떠서 하수구로 빨려 들어가는 벌레 한 마리를 보고 있다가, 입에 머금고 있던 치약을 뱉는다. 선영이는 엉덩이를 까고 오줌을 눈다.

"어제 그 옆방 새끼 완전 변태야. 가끔 변기에 앉아 있다가 이상해서 쳐다보면, 여기로 엿보고 있다니까."

선영이는 화장실 창문을 턱짓으로 가리킨다. 먼지가 새까맣게 앉은 창틀에는 반쯤 찢어진 방충망이 흔들거린다. 나는 입을 헹군 물을 소리 나게 내뱉는다.

"너 집에는 찾아가 본 적 있어?"

내가 묻는다.

"내가 미쳤냐? 집 나온 뒤로는 그 동네 근처에도 안 가."

선영이는 이를 가는 표정으로 말한다. 그 애의 콧잔등에는 갈매기 모양의 흉터가 남아 있다. 그 애 아빠가 밥을 먹다 말고 그릇으로 내리쩍어서 생긴 상처였다. 선영이도 자기 아빠만 아니었더라면 다른 애들처럼 평범한 고등학생이 되었을 텐데. 왜 어떤 부모들은 자식을 보듬어 주지는 못할망정 한없이 괴롭히기만 하는 것일까.

"나중에 복수할 거야, 꼭."

선영이가 변기의 물을 내리며 말한다. 나는 물 묻은 칫솔을 힘주어 턴다.

"뭐하러 나중까지 기다려?"

내가 묻는다. 선영이는 나가려던 걸음을 멈추고 내 얼굴을 돌아본다.

"니네 아빠 말이야. 지금이라도 복수하러 갈래?"

"우리 둘이서?"

"그래, 매일 술에 절어 있는 사람이고 우리는 두 명이잖아."

선영이네 집 전화번호는 그대로였다. 나는 택배 회사 직원인 척하고 '박성구' 씨 댁 위치가 정확히 어디냐고, 선영이 아빠의 이름을 대며 물었다. 집은 전에 살던 곳에서 몇 정거장 떨어진 곳으로 옮겨 있었다.

종이에 받아 적은 주소를 찾아 주택가에 들어섰을 때는 세 시가 조금 넘어 있었다. 골목에서는 서너 명의 어린아이들이 보조 바퀴를 단 자전거를 번갈아 타고 있다. 선영이네 집은 골목의 두 번째

전신주 옆 다세대주택 2층이다. 교회 스티커가 붙어 있는 현관문 앞에는 빈 플라스틱 화분이 포개져 쌓여 있다.

"웬 교회 스티커?"

선영이는 현관문을 걷어차는 시늉을 해 보인다. 우리는 현관문이 올려다보이는 옆 골목에 잠복하기로 한다. 내가 동전을 털어 아이스크림을 사 온다. 늦가을 공기와 함께 눅눅한 아이스크림 과자를 씹는다.

"아빠한테 복수하고 나면, 너 못살게 굴었다던 그 주임 선생한테 복수하러 가자."

선영이는 남은 아이스크림 과자를 바닥에 버리고 운동화로 짓뭉개며 말한다. 나는 담벼락에 기대어 하늘을 올려다본다. 가을하늘은 파란색의 투명하고 두툼한 젤리 같다. 이따금씩 젤리가 출렁이면, 쌀쌀한 바람이 스친다.

"어? 야, 저 집 확실해?"

한참 동안 현관을 응시하고 있던 선영이가 이상하다는 듯 묻는다. 나는 고개를 끄덕인다.

"근데 왜 어린애가 들락거려?"

20분쯤 뒤, 짧은 머리칼을 파마한 땅딸막한 여자가 대문을 열고 2층 현관문 안으로 들어간다. 어디서 많이 본 듯한 낯익은 얼굴이다 싶던 찰나에, 선영이가 내 어깨를 툭 친다.

"너 저 사람 알지? 우리 중학교 근처에 있던 포장마차."

그제야 떠오른다. 학교 뒤편 개천 근처에 있던 주홍빛 천막의

포장마차. 저녁 무렵이면 주인아줌마는 주머니처럼 매달려 있는 알전구의 불빛을 밝히고, 부지런히 무언가를 썰고 끓여 댔다. 초록색 플라스틱 접시에 수북이 담겨 있던 홍합이며, 작은 유리관 안에 진열되어 있던 멍게의 붉은빛도 선명히 기억난다. 아줌마 입술이 닭똥집같이 두툼해서, 우리는 "닭똥집이 닭똥집을 판다."며 송알거리곤 했다. 개전가에 가면 조저녁무터 포상마자 의자에 앉아 어묵 국물을 안주로 술을 마시고 있는 선영이네 아빠를 쉽게 볼 수 있었다.

다시 문밖으로 나온 아줌마가, 골목 밖을 향해 누군가를 부른다. 자전거를 사이에 두고 실랑이를 벌이고 있던 사내아이 두 명이 서로의 무르팍을 걸어차며 싸우기 시작한다. 아줌마가 뱃살을 출렁이며 대문 밖으로 나온다. 바닥을 뒹굴고 싸우는 사내아이 중 한 명을 일으켜 등짝을 후려치고는 팔을 끌고 집으로 데리고 들어간다.

선영이는 아줌마가 데려간 아이와 싸우고 있던 사내애를 부른다. 그 애는 바닥에 쓸려 하얗게 질린 팔꿈치를 문지르며 씩씩거린다.

"아까 개랑 친해?"

선영이가 묻자 아이는 대뜸 경계의 빛을 띤다.

"안 친해요. 나쁜 놈. 우리 엄마가 쟤랑 놀지 말랬어요. 새아빠랑 사는 주제에, 거지 같은 놈."

사내애는 마침 자기편이 필요했는데 잘되었다는 듯 험담을 늘어놓기 시작한다.

"새아빠? 혹시 맨날 술 먹고 소리 질러 대는 그런 사람이니?"

내가 묻는다. 그러자 사내애는 이상하다는 듯이 나를 쳐다본다.

"아니요. 찬송가 아저씨 몰라요? 교회 중창단에서 유명한데."

나는 다른 사람인 모양이라고 선영이에게 눈치를 준다. 그러나 사내애의 눈높이로 허리를 구부린 선영이는 더 꼬치꼬치 캐묻기 시작한다.

"쟤 할머니랑도 같이 살지?"

"쟤네 새 할머니 봄에 죽었는데. 치매 걸려서 우리한테 막 형, 누나라고 하면서 쫓아다니다가 죽었어요."

사내애가 말했던 찬송가 아저씨는 동네 슈퍼 아줌마도 알고 있었다. 그는 신앙심이 깊어 꼬박꼬박 교회에 나가 중창단 활동을 한다고 했다.

"그 집 할머니 돌아가신 뒤에 술을 딱 끊었어. 술을 안 마시니깐 그렇게 부끄럼을 많이 타고 얌전한 사람일 수가 없어. 어찌나 노래를 잘하는지, 그 노래 들으러 교회 가는 사람도 많아."

슈퍼 아줌마는 낄낄거리며 말한다.

선영이는 그만 돌아가자고 했다.

쪽방의 불이 꺼지고, 한두 마디 이야기를 나누는 듯하던 아이들이 고른 숨소리를 내기 시작한다. 나는 이마처럼 반듯하게 떠 있는 작은 창을 올려다본다.

"야, 자냐?"

자는 줄 알았던 선영이가 툭 친다.

"아니."

잠깐의 정적.

"연주랑, 다른 애들은 잘 지내냐?"

"그냥, 뭐."

누군가가 낮게 코를 곯기 시작한다.

"인정머리 없는 계집애, 한동안 연락도 안 하더니 내 연락처는 어떻게 기억했냐?"

"그러게 말이다."

"이 정도 했으면 집에 들어가. 너 학교에서나 그렇게 날리고 다니지, 밖에 나오면 아무것도 아니다."

나는 선영이와 함께 덮고 있던 이불을 끌어당기며 뒤척인다.

"너희 아빠, 잘 사는 거 같지?"

내 말에 선영이는 대꾸가 없다. 너무 눈치 없이 입을 열었나 싶어 잠자코 있는데, 선영이가 미미한 한숨과 함께 말을 잇는다.

"내가 집 나오기 전에 할머니가 돌아가셨다면, 그때도 지금처럼 아빠가 변했을까?"

정오 무렵, 누군가 시끄럽게 소리를 지르며 방문을 두드리는 소리에 잠에서 깬다. 문을 열어보니, 옆방 남자다. 그는 집에 들어오지 않은 어젯밤 사이, 누군가 자기 방문을 따고 들어왔다고 한다.

돈이 될 만한 것들을 훔쳐 간 것은 물론이요 방 벽지에다가 '죽어라 돼지!'라고 낙서를 갈겨 놓았단다. 그는 분명 범인이 우리 중에 있을 거라고 장담한다. 다른 아이들은 모두 일을 나가고, 방에는 나와 선영이뿐이었다.

"증거 있어요?"

내가 묻는다. 남자는 눈썹을 찡그리더니 금방이라도 나를 한 대 내리칠 것처럼 손을 치켜든다. 선영이가 재빨리 남자를 저지한다. 그러고는 휴대폰을 꺼내 같은 방을 쓰는 아이들에게 차례로 전화를 돌려본다. 남자는 몹시 더러운 것을 마주하고 있기라도 하듯 나를 위아래로 훑는다. 나도 질세라 남자를 마주 쳐다본다. 남자의 몸에서는 날 비린내가 풍기는 것 같다.

"직녀야, 너 가방 살펴봐 봐."

전화를 끊은 선영이가 이마를 짚으며 말한다. 나는 이해할 수 없다는 얼굴로 가방을 열어 두 사람에게 보여 준다.

"아니, 지갑 말이야."

가방 안을 더듬는다. 지갑이 없다. 가방을 거꾸로 들어 탈탈 털어 본다. 옷 한 벌과 지갑이 감쪽같이 사라졌다. 선영이 말로는, 노랑머리 계집애가 오늘 일하는 가게에 나가지 않았단다. 방 안에 있던 노랑머리 계집애의 물건들이 감쪽같이 사라졌다. 뿐만 아니라 다른 애들의 화장품까지 싹 쓸어 갔다. 옆방 남자는 그럴 줄 알았다는 표정을 짓는다. 그는 신발을 신은 채 쪽방 안으로 성큼 들어선다. 그는 바닥에 흩어진 옷가지와 아이들이 화장대로 쓰는 빈

궤짝을 걷어찬다. 이불에 침을 뱉고 난 뒤, 분이 풀리지 않았다는 듯 한참 동안 욕을 씹어 뱉다가 방을 나간다.

"신고해야 하는 거 아냐?"

나는 참고 있던 숨을 몰아쉬며 선영이에게 말한다. 선영이는 두루마리 휴지를 뜯어 이불의 침 자국을 닦아 낸다.

"너 이직 한참 어리구나. 신고하면 더 손해 보는 쪽이 누구겠어?"

선영이는 자기 물건이 몇 개나 없어졌는지 손꼽아 확인해 보고는 안심하는 눈치다. 이불 더미를 한쪽으로 밀어 놓고는 나를 흘끗 쳐다본다.

"방세 쪼들리게 생겼네. 너 정말 여기서 지낼 거면 방세 내. 안 그럼 새로 들어올 애 구하고."

말을 하면서 약간 찡그린 선영이의 얼굴을 보자 나는 문득, 등허리가 서늘해진다.

지금쯤 아빠는 날 찾고 있겠지. 솔직히 이쯤 됐으면 엄마도 안절부절못하며 울고 있을 게 뻔하다. 오빠는 무심한 척하면서도 내심 걱정하며 툴툴거리고 있을 테고.

나는 선영이의 휴대폰을 빌려 집으로 전화를 건다. 앞구르기를 하는 듯한 신호음 소리가 들리기 시작했을 뿐인데, 벌써부터 마음이 울려 온다.

"여보세요?"

오빠다. 웬만해서는 집 전화를 받지 않는 오빠가 전화를 받다니. 나는 떨리는 목소리를 가다듬는다.

"나야."

옆에 있던 선영이는, 눈물겨운 남매의 상봉은 도저히 못 봐주겠다는 듯한 얼굴로 내 허벅지를 꼬집는다.

"야, 너 진짜 죽고 싶냐? 니 발로 안 와도 엄마가 잡으러 갈 거야. 엄마가 너 머리 밀어 버리고 아주 작살을 내버린다고 벼르고 있는 거 알아? 너, 설마 내 돈 쓴 거 아니지? 한 푼이라도 손댔단봐, 그땐 진짜……."

나는 조용히 휴대폰 종료 버튼을 누른다.

집으로 돌아온 나는 일주일간의 용돈이 차압되었다. 엄마는 나를 때리지는 않았지만 앞에 앉혀 두고 한 시간가량 말없이 한숨만 쉬었다. 아빠는 엄마 몰래 용돈을 쥐어 주면서, 제대로 날 수 있는 날개를 갖기 전에 둥지를 나가는 것처럼 어리석은 일은 없다고 좋은 말로 타이르셨다. 휴대폰을 손에 쥐자 비로소 집에 돌아왔다는 실감이 났다.

나는 주임 선생에게 복수를 할까 싶었던 마음을 지웠다. 연주가 알아낸 바에 의하면, 모 고등학교 1학년에 재학 중인 주임 선생의 딸도 나에 버금가는 문제아라고 했다. 주임 선생이 다른 학교 학생부실에서 머리를 조아리는 모습은 상상만 해도 웃음이 났다.

헤어질 때 다시 만나자고 했던 약속과 달리, 나는 선영이에게 연락을 하지 않았다. 선영이 쪽에서도 먼저 연락이 오지 않았다. 우리는 어쩌면 약속을 하던 순간부터 서로 연락을 하지 않을 거라는 사실을 알고 있었는지도 모르겠다.

누군가 내 한 줄 일기장을 열어 본 듯한 흔적이 있다. 한 줄 일기장이 이래서 좋다. 남에게 읽혀도 사생활이 노출될 우려가 없으니까. 나는 잠시 펜 끝을 질겅거리다가 글씨를 적어 넣는다.

내 힘으로 비상할 수 있을 때까지는 참자.

7
너는 누구니

학교에서 단체로 연극 관람을 왔다. 초반에는 꽤 재미있는 듯하더니 슬슬 지겨워진다. 나는 연주의 옆구리를 쿡쿡 찔러 나가자고 한다. 연주는 무대 위에 쓰러져 두 팔을 허우적거리는 남자 주인공에게서 눈을 떼지 못한다.

"난 재미있단 말이야. 끝까지 볼래."

나는 연주를 지그시 노려본다. 본래 우리의 목적은 담임으로부터 연극 티켓만 받은 뒤, 대학로에 즐비한 음식점이나 노래방에 들어가서 시간을 때우는 것이었다. 내가 귓가에 대고 협박조로 이야기하자, 연주는 하는 수 없다는 듯 가방을 들고 일어선다. 우리는 앞자리에 앉아 있는 담임의 눈에 띄지 않도록 살금살금 극장을 나온다. 상자 속처럼 어둡고 좁은 데에 갇혀 있다가 밖으로 나오니 이제야 숨통이 트인다. 이토록 밝고 넓은 바깥세상을 두고 코딱지만 한 소극장에 숨어 인생을 이야기한다는 것은 너무 재미없는 일이다.

분식집에 들어가 비빔밥과 쫄면을 먹는 내내 연주는 말이 없다. 나는 별로 신경 쓰지 않는다. 저러다가 제풀에 지쳐 금방 다른 데로 관심을 옮길 것이 뻔하기 때문이다. 노래방에 갈까 만화가게에 갈까 고민이 된다. 분식집을 나온 연주가 가방을 고쳐 메며 입을 연다.

"너 아까 그 연극 주인공 이름이 뭐였는지는 알아?"

나는 고개를 젓는다. 연극을 보는 내내 다른 생각을 하고 있었으니 기억날 턱이 없지.

"너도 참 대단해. 난 가끔 네 머릿속은 무슨 생각으로 차 있을까 궁금하다."

연주는 막대 사탕을 까서 입에 넣으며 말한다. 어쩐지 비아냥조로 들려 기분이 상한다.

"사돈 남 말하네. 까불지 마, 너."

연주보다 몇 걸음 앞서 걸으며 말한다. 얼마쯤 더 나아가다가 허전한 느낌이 들어 옆을 보았더니, 연주가 없다. 주변을 둘러보았으나 연주는 온데간데없다. 나는 얘가 볼일이 급해서 화장실에 뛰어갔나 싶어 휴대폰을 꺼낸다.

"나 집에 갈 거야. 그리고 너 맨날 나한테 명령조로 말하지 좀 마."

전화가 툭 끊긴다. 나는 휴대폰을 손에 쥔 채 잠시 멍하게 서 있다. 당장이라도 연주 이 계집애를 찾아서 엉덩이를 발로 걷어 차 줄까. 계속 친구로 지내 줬더니, 내 똘마니로 지내던 예전 생각을 못하는 모양이다. 툴툴거리며 마로니에공원을 한 바퀴 돈다.

연극이 끝난 뒤 민정이가 나를 찾아 나왔다. 우리는 농구 골대 옆쪽 벤치에 자리를 잡고 앉는다. 나는 연주의 행동에 대해 침을 튀기며 이야기를 풀어놓는다. 내가 다시 돌아오라고 재차 말했지만 휴대폰을 아예 꺼 버리기까지 했다는 사실도 전한다.

"연주가 요즘 모델 오디션에 계속 떨어져서 예민해졌잖아. 그리고 너도 참 무디다. 걔 얼마전부터 이 연극 보고 싶다고 그랬는데."

민정이가 나를 툭 치며 말한다. 아니, 그러면 그렇다고 진작 말을 했으면 될 것 아니었나. 기껏 극장 밖으로 함께 나와 놓고 휑하게 사라져서 사람 속을 뒤집어 놓느냐는 말이다. 나는 당분간 학교에서 연주와는 입도 벙긋하지 않겠다고 다짐한다.

수능이 얼마 남지 않았는데도 오빠는 그다지 공부에 열중하는 눈치가 아니다. 독서실에 간다고 해 놓고, 동네에서 어슬렁거리는 것을 몇 번이나 목격했다. 그렇지만 유세를 부리는 정도는 고3 수험생이 아니라 고시생 수준이라, 엄마는 늘 조심조심 오빠 기분을 살핀다.

어젯밤에만 해도 그랬다. 엄마는 아파트 앞 동에 사는 문방구

아줌마네 아들 이야기를 꺼냈다가 뒷박으로 쏟아지는 오빠의 신경질을 받아 주어야 했다. 그 집 아들이 모 대학 기계공학과에 재학 중인데, 벌써부터 취업 제의가 들어오고 있다는 이야기였다. 오빠는 "그래서 나더러 어쩌라고요. 부러우면 그 집 아들을 데려다 키우든가!" 하며 들고 있던 수건을 소파에 집어 던졌다. 못된 송아시 엉넝이에 뿔 난다고, 나는 오빠의 바지를 내려 엉덩이에 돋아 있을 뿔을 순무 뽑듯 잡아 뽑아 주고 싶은 충동을 애써 참아야 했다.

그러나 엄마가 친구와 수다를 떨던 전화에 대고 "수험생 엄마 노릇이란 게 다 그렇지 뭐. 아들 인생이 걸린 일인데 그 정도도 못 참겠니." 하고 이야기할 때면, 나는 엄마가 오빠의 히스테리 받아 주기를 즐기고 있는 게 아닌가 싶다.

연주는 책상 위에 엎드려 있다. 나는 연주에게 말을 걸려는 민정이를 겨우 붙들어 놓는다. 민정이와 둘이 이동 수업을 가고, 둘이서만 급식실에 가서 점심을 먹는다. 점심시간 내내 이어폰을 귀에 꽂은 채 책상에 엎드려 있는 연주를 보자, 내가 조금 유치한 게 아닌가 싶은 생각이 잠깐 스쳐 가긴 했다. 하지만 먼저 사과를 해야 할 사람은 연주다. 게다가 나는 친구 관계에 있어서는 항상 내가 원하는 대로 하고 지냈다. 중학교 때까지 항상 내 가방을 들고 졸래졸래 쫓아다니던 연주 앞에서 자존심을 굽히고 말을 건다는 것은 너무 한심한 행동이다.

"어휴, 이제 만족스러워?"

민정이는 고개를 절레절레 저으며 묻는다.

"네가 가서 쿨하게 먼저 화해해. 연주를 왕따시켜야지 기분이 풀리겠어?"

어린아이를 달래는 아이 엄마처럼 민정이가 말한다. 민정이는 목소리가 너무 크다. 나는 화장실에 같이 가자고 민정이를 잡아끌고는 교실을 나온다.

"너 사실은 연주랑 얼른 화해하고 싶잖아. 나는 솔직히, 남들 마음 아는 것보다 내 마음 아는 게 더 어렵더라."

민정이가 손에 물을 적셔 머리카락을 매만지며 말한다. 나는 누군가 치약을 묻혀 놓은 화장실 거울 너머로 교복 매무새를 다듬는다.

"왜, 감정이 이성보다 먼저 튀어나와서 미친 말처럼 나를 끌고 다닐 때가 있거든. 얼핏 보기에는 내 기분 내키는 대로 하니까, 다 내가 원하는 방향으로 가고 있다고 생각하게 되거든? 근데 뒤에 보면 그게 아니야. 정신 차리고 보면 오히려 내가 원하는 것으로부터 너무 멀리 와 있기 일쑤란 말이지. 그래서 난 감정이 날뛰려고 할 때면 일단, 유체 이탈을 시작해."

유체 이탈이란 말에 옆에서 머리칼을 빗던 여자애 둘이 이쪽을 흘끗 쳐다본다. 민정이는 아랑곳하지 않고 비누 거품을 짜서 손을 씻는다.

"혼을 육체에서 분리해 빠져나오게 해서, 마치 다른 사람을 보듯이 내 몸을 냉정하게 바라보는 거야. 그리고 재판관 같은 목소리로 묻는 거지. 지금 네가 진짜로 원하는 게 무어냐? 하고."

수업 시작을 알리는 종이 울린다. 민정이는 교실로 향하며 한마디 더 덧붙인다.

"왜 자기 마음을 아는 게 더 어려울까? 내 생각엔, 스스로가 자기 자신을 잘 알고 있다고 확신하는 데에서 문제가 비롯되는 거 같아. 사람이 사람을 완벽하게 파악한다는 것은 불가능한 거야. 그 사람이 나 자신이라고 해도. 때문에 나에 대해선 내가 제일 잘 안다는 오만을 품기에 앞서서, 나 자신에 대해 계속해서 알아가려는 노력이 필요하다고 생각해."

비가 내린다. 오랜만에 가짜 과외 교사 봉구 씨에게 연락을 한다. 비 오는 창밖을 물끄러미 바라보고 있노라니, 내 자신이 '봉구 씨에게 연락하는 것'을 가장 원하고 있다는 게 느껴졌기 때문이다. 봉구 씨는 패밀리 레스토랑에서 아르바이트를 하는 중이라고 한다. 조끼까지 갖춘 유니폼을 입고, 철근만큼 무거운 몇 겹의 음식 접시들을 나르고 있는 천재 작곡가의 모습을 떠올려본다.

"비가 오니까 기분이 이상해요."

봉구 씨는 비가 오는 날은 화장실 청소를 더욱 자주해야 해서 번거롭다고 한다. 방향제를 두 배나 뿌리고 타일 바닥의 질척한 발자국들을 수시로 닦아 내지 않으면, 금세 고객들의 불만이 튀어나온다고 한다.

"비 오는 날 외로울 때는 기가 막힌 해결책이 있지."

봉구 씨는 지금도 화장실 청소를 하고 있는지, 서너 차례 연속으로 변기의 물 내려가는 소리가 들려온다.

"가까운 중국집에 찾아가서, 혼자 짜장면을 시켜 먹어 봐."

"뭐요?"

"글쎄, 한번 해 보라니까."

주방에서 호출이 왔다며, 봉구 씨는 얼른 전화를 끊는다. 심심할 만하면 한 개씩 전송되던 연주의 문자메시지가 사라지자, 휴대폰이 잠잠하다. 아직 일곱 시밖에 되지 않았는데, 밖은 한밤중처럼 어둡다. 나는 지갑과 우산을 챙겨 들고 집을 나선다.

중국집 문을 열고 들어선다. 침침한 형광등 불빛 아래에서 텔레비전을 보고 있던 종업원이 내 쪽으로 시선을 돌린다. 나는 비에 젖은 우산을 털고, 구석진 자리에 가서 앉는다. 야구 모자를 눌러쓴 종업원이 다가와 짬뽕 국물이 말라붙어 있는 신문지를 치워 준다.

"짜장면 한 그릇 주세요."

종업원은 주방을 향해 "짜장 하나!" 하고 소리친다. 주방 앞쪽의 테이블에서는 어깨가 구부정한 노인이 혼자 볶음밥을 먹고 있다. 음식점, 게다가 중국집에 찾아들어 혼자 밥을 사 먹는 것은 처음이다. 혼자 먹느니 차라리 굶는 편을 택하는 게 낫다고 여겼다. 잠시 후, 종업원은 노란색 우비를 뒤집어쓰고 철통 안에 음식들을 담는다.

"염병할 비, 억수로 쏟아지네."

그는 껌을 질겅거리며 밖으로 나간다. 빗줄기가 내리치는 소리 사이로, 오토바이 떠나는 소리가 들려온다. 내가 의식하는 것과 달리, 중국집 안에서 내게 신경을 쓰는 사람은 아무도 없다. 그러나 혼자 있다 보니, 나도 모르게 자꾸 '민정이는 지금 뭐 하지, 오빠는 집에 들어왔으려나.' 하는 별 볼 일 없는 궁금증이 더 많아진다. 역시 봉구 씨는 사기꾼이다. 그가 가르쳐 준 해결책이란 게 뻔하지, 뭐.

"짬뽕 국물 좀 드릴까?"

내 앞에 짜장면 그릇을 턱, 하고 내려놓은 주방장이 묻는다. 나는 고개만 끄덕인다. 짜장면 위에 놓인 완두콩 세 알을 차례로 집어 먹고 난 뒤, 젓가락을 한껏 벌려 짜장면을 비비기 시작한다. 짜장면은 모두 한 개의 면발로 이루어지기라도 한 듯 매우 길다. 나는 면발들을 부지런히 이로 끊고, 씹기에 바쁘다. 배달을 시켜 먹었을 때는 몰랐는데. 이 가게 짜장면이 원래 이렇게 맛있었나?

밖에는 여전히 빗줄기가 세차게 쏟아지고 있다. 텔레비전 소리만이 나지막이 웅웅 울리는 습한 실내. 나는 마치 아무도 모르는 세상의 구석진 방에 들어와 있는 듯한 기분이 든다. 몸에서 오직 이빨만 남아 있는 동물처럼 열심히 먹어대다가 문득, 옆쪽에 걸려 있는 벽 거울을 들여다본다. 입가에 짜장면 양념을 묻힌 내가 나를 바라본다. 어쩐지 조금 낯설다. 잠시 그 모습을 들여다보던 나는 노란 단무지 한 개를 들어 와작, 씹는다.

'참 잘도 먹는다. 직녀, 너는 누구니?'

아빠는 내게 적성 테스트를 받아 보라고 했다. 나는 아빠네 회사 사원들을 대상으로 하는 테스트에 은근슬쩍 끼어서 테스트를 받았다. 아빠가 내 나이 때에는 신문기자가 되는 것이 꿈이었다고 한다.

"지금 꿈은 뭔데요?"

나는 요즘 볼 때마다 흰머리가 느는 듯한 아빠에게 묻는다.

"나이가 드니까 꿈보다는 우선 내가 지켜야 할 현실에 갇히게 되는 것 같구나."

아빠는 붉은색으로 변한 신호등 앞에서 차를 멈추고, 쓸쓸하게 웃으며 대답한다. 집으로 가는 길의 중반쯤 되는 길목에 접어들었을 때에야 아빠는 생각났다는 듯 묻는다.

"그래, 우리 직녀 꿈은 뭐지?"

내 꿈은 전국 방방곡곡에 수백 대의 음료수 자판기를 세우는 것이다. 그리고 차례로 도시를 순회하며, 자판기에 쌓인 돈을 회수하러 다니고 싶다. 물론 차비가 비싸기 때문에 항상 자전거를 타고 다닐 생각이다. 목이 마르면 내 자판기에 들어 있는 사이다를 뽑아 마셔도 좋을 것이다.

"괜찮긴 한데, 자판기는 무슨 돈으로 사려고?"

아빠가 되묻는다.

"이것저것 아르바이트해서 벌고, 처음 자판기에서 나온 이익금으로 또 새거 사 놓고 하려고요."

차는 아파트 단지에 들어선다. 아빠는 어깨를 으쓱한다.

"요즘은 프리터족들도 많다고는 하던데. 그래도 하고 싶은 일을 찾아보면 좋지 않겠니? 내년이면 고3이니까 대학도 생각해 봐야지."

나를 살 아는 엄마는 고등학교 졸업하면 공장 가서 돈이나 벌어 오라고 구박하던데, 아빠는 나를 대학교에 보낼 생각인가 보다. 나는 대학교 진학에 대해서 진지하게 생각해 본 적이 없다. 대학교 입시 관련 책자를 보면 정말이지 수많은 종류의 전공이 있는데, 어떻게 보면 모두 재미있어 보이기도 하고 또 다르게 보면 전부 나와는 맞지 않는 것처럼 보이기도 했다.

오빠는 경영학과에 진학할 예정이라고 한다. 물론, 어디까지나 엄마의 의사지만 말이다. 오빠가 정말 하고 싶어 하는 것은 뭘까?

509호 할머니가 돌아가셨다. 그날 오전에도 할머니는 경비실 아저씨에게 "수고하시네요."라고 평소와 다름없이 다정한 인사를 건넸다고 한다. 할머니는 경비실에서 다섯 걸음도 채 못 가서 갑자기 쓰러졌다. 구급차가 와서 할머니를 싣고 갔지만, 가는 도중에 숨을 놓으셨단다.

나는 509호에서 제를 마친 사람들 무리가 아파트를 빠져나가는 모습을 내려다보았다. 해 질 녘 운동장에서 아이들끼리 공을 차고 놀다가, 누군가 찬 공이 교문을 넘어 저 멀리로 사라져버렸을 때의 아득한 기분이 들었다. 507호 여자도 아기를 안고 나와, 장례차가 단지를 벗어나는 것을 내려다보고 있었다.

학교에서 돌아오는 길에 엘리베이터를 탔는데, 누군가 "잠깐만요!" 하고 뒤따라 들어왔다. 509호 할머니였다. 할머니는 장바구니에서 포도 한 송이를 꺼내 내게 내밀었다. 엘리베이터가 5층에 도착하자, 할머니는 509호 문을 열고 들어갔다.

꿈에서 깨고 난 뒤, 나는 오랫동안 손을 쥐었다 폈다 해 본다. 부드러우면서도 탄력 있던 포도송이의 감촉이 너무나도 생생하게 남아 있었다. 509호를 지날 때 으스스한 생각을 하는 나에게 할머니가 섭섭함을 느끼신 것 같다. 장례가 끝난 뒤에도 할아버지는 한동안 집으로 돌아오지 않았다. 엄마의 말에 의하면, 자식 내외가 할아버지의 옷가방을 챙겨 갔다고 했다.

그럴싸한 결말이라는 것은 영화나 소설처럼 지어낸 이야기 속에나 존재하는 것인가 하는 생각이 들었다. 대개 실재하는 결말이란 509호 할머니의 죽음처럼 난데없고 허무한 것이 아닐까.

나는 새로운 계획이 하나 더 생겼다. 앞으로도 계속, 되도록이면 가볍게 살기로 마음먹은 것이다. 어느 날 갑자기, 나뭇잎이 바람에 날려 홀랑 사라지듯 없어져 버린다고 해도 "아, 걔는 언젠가 이렇게 사라질 줄 알았어. 그 애다운 결말이야."라는 말을 들을 수 있을 만큼. 물에 빠진 사람은 자기 무게만큼의 깊이로 가라앉기 마련이다. 나는 물에 빠져도 동동 떠다닐 수 있을 정도로 가볍게 살 것이다.

타인의 죽음이 너무 허무하다고 느껴지는 것은, 우리더러 삶을 좀 더 쉽게 받아들이며 살라는 세상의 암시가 아닐까. '끝은 이렇게 간단하고 순식간이야. 그런데도 너 계속 그렇게 미적거리며 우울하게 살래?'라는 투도 밀이다.

화학 실습 시간에 연주는 실수로 플라스크를 깨뜨렸다. 유리 파편들이 튀어 내 발치까지 왔다. 연주는 들고 있던 스포이트를 내려놓고 실험실을 나가 버린다. 젊은 여선생은 당황한 얼굴로 연주의 이름을 재차 부르다가, 이내 인상을 찌푸린다.

민정이는 나를 끌고 운동장으로 나간다. 연주는 운동장 벤치에 길게 누워 있다. 차가운 바람 때문인지 종아리에 오톨도톨한 소름이 돋았다. 나는 연주의 다리를 툭, 치며 먼저 말을 건다.

"너 플라스크 깨먹고 쪽팔려서 도망간 거지?"

연주는 반응이 없다. 나는 민정이 쪽을 쳐다보며 역시 괜한 짓을 한 것 같다는 표정으로 한숨을 내쉰다. 바람이 불자, 운동장 바닥에 떨어져 있던 플라타너스 낙엽들이 모래알을 긁으며 이리저리 쓸려 다닌다. 연주는 몸을 일으켜 앉는다.

모델 기획사 일이 있은 뒤로 연주는 매일 세 시간 넘게 스트레칭을 하고, 제 나름대로 식단을 짜서 몸매 관리를 해 왔다. 물론 줄기차게 오디션을 본 것은 말할 것도 없다. 잡지사에서 선발하는 공개 오디션은 물론 각종 광고며 기획사에서 주최하는 오디션에도 전부 참가했다고 한다. 더러는 1차에서 떨어지기도 했지만, 얼마 전에 나갔던 아이스크림 광고 모델 오디션은 최종 단계까지 올라갔다고 한다.

"근데 누가 뽑힌 줄 아니?"

연주는 눈을 가늘게 뜬다.

"정경자야. 마지막 3차 오디션 때 난데없이 새 지원자가 도착했다는 거야. 나는 그때 아이스크림을 네 개째 먹으면서 카메라 테스트를 받는 중이었어. 근데 갑자기 정경자가 불쑥 들어오더니, 심사원들 앞에서 노래를 한 곡 부르는 거야. 그 애 오디션 보는 데는 5분도 채 안 걸렸어."

정경자를 모르는 민정이는 의아하다는 표정을 짓는다. 연예인 정소라가 우리와 초등학교를 같이 다닌 정경자라는 설명을 들은 민정이는 그 배우 꽤 예쁘지 않냐는 눈치 없는 소리를 했다가, 나와 연주의 원망 섞인 야유를 들어야 했다.

"더 기분 나쁜 건, 걔가 날 전혀 못 알아보더라는 거야."

연주가 기운이 없어 보였던 것은 나 때문이 아니었던 모양이다. 조금 김이 빠지긴 했지만, 한편으로는 마음이 놓인다.

"정경자 그거 완전 변했더라. 실실 눈웃음치면서 심사원들한테 꼬리 치는 게 장난이 아니던걸."

이내 우리의 화제는, 정경자를 비롯한 연예인들의 뒷소문에 관한 것으로 옮겨진다. 철봉 위로 바람 한 점이 빨래처럼 걸려 흔들거린다. 우리는 제멋대로 팔락이는 교복 치마를 그냥 놔둔다. 난 연주에게서 풍기는 은은한 냄새가 좋다. 그것은 아기 냄새 같기도 하고 아직 사라지지 않은 솜털 냄새 같기도 하다.

우리는 검은색 매직으로 정소라 아니, 정경자가 웃고 있는 커다란 광고편에 사정없이 낙서를 한다. 눈을 밤댕이로 부풀려 놓고, 코피를 그려 넣고, 앞니를 새까맣게 칠한다. 연주는 '나는 정말 멍청해요!'라고 써넣기도 한다. 전동차 들어오는 소리가 들리면 재빨리 시치미를 뚝 떼고 전동차에 올라타, 다음 역을 살핀다.

지하철역을 일곱 개쯤 돌고 났을 때, 공익 근무 요원이 호루라기를 불며 쫓아온다. 우리는 비명을 지르며 계단을 뛰어올라 도망친다. 개찰구를 지나, 지하철역 밖으로 나온 뒤 한참을 달리고서야 마음이 놓인다. 주위를 둘러보니 영 낯선 곳이다.

"야, 우리 진짜 유치하다."

민정이가 가쁜 숨을 고르며 말한다. 나는 맞장구를 치며 킬킬거린다. 연주는 뭐가 그리도 즐거운지 배를 부여잡으며 웃어 댄다. 내 몸 어딘가에서 무언가가 부레처럼 부풀어 오르는 기분이 든다. 이 느낌대로라면 언젠가는 공중으로 두둥실 떠올라, 연어처럼 힘차게 유영을 할 수도 있을 것 같다.

어른들에게는 어떤 매뉴얼이 있는 모양인지, 아이들만 보면 지칠 줄 모르고 물어 대는 질문의 유형이 뻔하다. '넌 커서 뭐 될래?', '넌 대체 왜 그러니?' 등등. 그러나 정작 '너는 어떤 사람이니?',

'너는 누구니?'라는 질문을 건네는 사람들은 없다. 본인들이 묻고 싶은 질문만 툭툭 던지고는, 그 답이 자신들이 지닌 모범 답안과 얼마나 차이가 나는지에 따라 그 아이가 어떤 사람인지를 판가름 한다.

아무도 물어보지 않기에, 나는 요즘 가끔씩 거울을 보고 내 자신에게 묻곤 한다.

'너는 누구니?'

그러면 거울 너머의 나는 엄지손가락을 세워 보이며 싱긋, 웃는다.

적성 테스트 결과가 나왔다. '탐구적 발명가형'이라는 말이 인상 깊게 남았다. 아빠는 나중에 다른 테스트를 한번 더 해 보자고 말했다.

나는 연극 티켓을 사서 연주와 함께 다시 공연을 보러 갔다. 연주는 연극의 끝부분에서 큰 소리로 울었다. 연주는 남자 주연배우의 사인을 받기 위해 대기실 앞에서 기다렸는데, 그 배우는 연주의 울음소리가 참 인상적이었다며 알아보았다.

연주는 양말 광고 오디션에 붙었다. 연주네 엄마는 이것저것 알아본 뒤 촬영을 허락해 주었다. 발목까지 끌어 올려 신은 양말을 뽐내는 연주의 사진은 양말 상자에 반듯하게 인쇄되어 남대문시장에 유통되었다. 연주는 그 뒤로 자기가 광고했던 양말만 신고 다니고 있다. 가끔은 반 아이들에게 강매를 하기도 한다.

나도 연주가 억지로 팔아넘긴 양말을 신고 침대 위에 누워 있다. 얼마 전에 새로 문을 연 마트에서 나눠 준 볼펜은 끝부분에 사과가 달려 있다. 볼펜 끝의 사과를 달랑거리며 일기를 써 넣는다.

그 연극, 다시 보니 꽤 재미있었다.

8
피터팬과 도로시

오늘 나는 지구상에서 가장 일진이 사나운 여고생이다. 새벽 여섯 시, 제주도 수학여행을 위해 공항에 갔을 때, 우리 학교 아이들은 한 명도 보이지 않았다. 집합 시간을 잘못 알아서 두 시간이나 일찍 온 것이다. 나는 매점에서 김밥을 사 먹으며 아이들을 기다렸다. 연주는 반갑다고 뛰어오다가 내 교복 블라우스에 콜라를 쏟았다. 학교에서 미리 준 배정표를 보고 주임 선생의 심술로 민정이, 연주와 다른 방으로 내가 배치된 건 알고 있었지만 숙소에 도착해 보니, 아예 층까지 다른 방에 배치되어 있었다.

그 방에는 반 아이들이 '검은 아우라'라고 부르는 무리가 모여 있었다. 한 아이는 짐도 풀지 않은 채 혼자 구석에 처박혀 영어 사전만큼 두꺼운 책을 들여다보기 시작했으며, 다른 아이는 제 손톱

이랑 원수진 사이처럼 손톱 열 개를 번갈아 물어뜯기에 바빴다. 내가 지켜보고 있지 않았더라면 분명 발톱도 입으로 가져갔으리라. 눈이 탁구공만큼 크고 퀭해서 외계인이라는 별명으로 불리는 껑다리 여자애는 서서 벽에 등을 탁탁, 부딪쳐 대며 나를 내려다보고 있었다. 다른 때 같았으면 "화성인이랑 교신이라도 하고 있나?"하면서 놀려 댔을 테지만, 어쩐지 포위된 것은 내 쪽인 듯하여 잠자코 짐을 풀었다.

　모두들 지금쯤 상쾌한 초겨울의 바람을 맞으며 해돋이 오름을 오르고 있겠지. 나는 제주도 시내 한가운데 우두커니 서서 생각한다. 아까 첫 코스였던 생수 공장에서 누군가 내 배 속에 얼음을 문질러 대고 있는 듯한 통증을 느꼈다. 화장실을 다섯 번이나 들락거린 뒤, 기다시피하여 담임을 찾아갔다. 담임 대신 부담임이 나를 데리고 제주도 시내에 있는 병원을 찾았다. 서늘하고 괴괴한 분위기의 나무 의자에 앉아 기다리다가 들어간 진료실에는, 방금 전에 관에서 튀어나온 듯한 늙은 의사가 나를 기다리고 있었다. 장염이라고 했다. 공항에서 먹었던 김밥이 좀 새큼하다 싶었는데, 문제가 있었던 모양이다. 처방전을 들고 약국에 갔다. 부담임은 잠깐 살 것이 있으니 조금만 기다리라고 했다. 그리고 한참이 지나도록 돌아오지 않았다. 약국에서 준 드링크제를 마시고, 병뚜껑으로 스프링을 만들어서 장난치던 나는 뚱뚱한 여자 약사의 눈치가 보여 슬그머니 밖으로 나왔다. 그리고 부담임이 사라진 길을 더듬어 슬슬 걸어가 보았다.

여기는 어딘가. 길을 잃었다. 부담임의 휴대폰 번호는 모르고, 동굴에라도 들어간 건지 연주와 민정이, 담임은 통화가 되지 않는다. 주머니에 남은 돈이라고는 천 원이 전부인 데다가, 휴대폰 배터리는 간당간당하다. 불행의 블랙홀이 끔찍한 흡입력으로 나를 빨아들이고 있는 느낌이다. 또다시 배가 살살 아파 온다.

내 옆에 앉은 사내애는 줄기차게 울어 댄다. 일그러진 입에서 진흙 같은 것이 떨어진다. 자세히 보니 뭉그러진 초코파이 덩어리다. 어딘가에 전화를 하던 경찰은, 애 입 좀 닦아 주라는 눈빛으로 휴지를 내민다. 나는 휴지를 여러 겹 접어, 침에 젖은 사내애의 앞자락과 입가를 닦아 준다. 찰싹. 사내애가 날치 같은 손바닥으로 내 뺨을 때리고는 더 큰 소리로 운다.

"직녀야!"

담임이다. 성질이 더러운 미아와 함께 파출소 한편에 앉아 있던 나는 조용히 일어난다.

"제주도까지 와서 말썽부리면 안 되지. 부담임 선생님이 너 잃어버리고 놀라서 청심환까지 드셨어. 배는 좀 괜찮니?"

나는 부담임이 나를 약국에 버려두고 사라졌다는 이야기를 하고 싶었지만, 배 속에서 부글부글 뚝배기 된장찌개가 끓는 듯한 소리가 울리기 시작했기에 잠자코 있었다.

숙소에 도착하자, 연주와 민정이가 방으로 찾아왔다. 둘 다 얼굴이 발그레하게 상기되어 있다. 나는 방바닥에 널브러진 채로 연주와 민정이를 올려다본다.

"빨리 일어나 봐, 대박이야."

연주가 흐물흐물한 내 몸을 잡아 일으키며 말한다. 나는 가까스로 벽에 머리를 기대고 앉는다. 민정이와 연주는 웃음을 참으며 얼굴을 마주 본다.

"여기 옆 동에 남학교 애들 와 있는 거 알아?"

연주가 말한다.

"아까 언뜻 봤는데, 잘생긴 애들이 꽤 있더라."

민정이도 거들어 말한다.

저녁 프로그램이 있으니 강당으로 모이라는 방송이 흘러나온다. 나는 민정이와 연주에게 끌려 방에서 나온다.

프로그램이라는 것은 뻔했다. 반마다 구호와 응원가를 만들어서 퀴즈 대회에 참여하는 것이었다. 우리 반 대표로 무대에 나간 민정이는 마지막 단계까지 침착하게 답을 맞혀 나갔다. 한 문제만 더 맞히면 우리 반 전원에게 상품이 돌아간다. 상품은 우리 학교 교훈이 인쇄된 수건이라고 한다.

약 기운에 배가 가라앉고 나자 속이 허하다. 나는 강당이 소란스러운 틈을 타, 문 쪽으로 빠져나간다. 문 앞을 지키고 서 있던 옆 반 담임이 무슨 일이냐고 묻는다.

"배가 아파서요. 저 아까 병원까지 다녀왔잖아요."

나는 아픈 척 어기적거리며 강당 밖으로 걸어 나온다. 화장실로 가는 척하다가 옆 반 담임이 퀴즈 대회에 한눈을 판 사이 재빨리 방향을 틀어 몸을 숨긴다. 매점은 강당과 숙소 건물 사이에 있다.

컵라면과 오징어 다리, 삶은 달걀 두 개를 고른 나는 뭔가 아쉬운 느낌이 들어 크림빵도 집어 든다. 으슥한 벤치 같은 데서 얼른 먹고 들어가면 아무도 내가 사라졌던 것을 눈치채지 못할 것이다.

그러나 막상 숙소 건물 뒤편의 으슥한 벤치를 찾고 나니 도통 음식이 목구멍으로 넘어가질 않는다. 밤바람에 언 손등을 부들부들 떨며 들고 온 컵라면은 너무 짜고, 부지런히 베어 문 삶은 달걀은 돌멩이처럼 혀 위를 굴러 목구멍에 걸린다. 발 냄새가 나는 오징어 다리를 뜯어 입에 무는데, 어디선가 이상한 기척이 들려온다. 나는 숨을 죽이고 주위를 살핀다. 멀찍이 서 있는 가로등이 인심 쓴다는 듯 내 발치로 던져 준 희미한 불빛을 제외하고는, 사방이 깜깜하다. 산 채로 짐승의 배 속에 들어온 것처럼 덜컥 겁이 난다. 나는 조심스럽게 엉덩이를 떼고 일어난다.

"어? 사람 있는데?"

그때 뒤쪽에서 무언가가 불쑥 튀어나오며 말한다.

"으악!"

나는 지레 놀라 물러선다. 상대방도 놀라 주춤한다.

"옆 동에 있는 앤가 봐."

"야, 잘됐다. 네가 좀 빌려 봐."

어둠 속에서 수군거리던 그림자들이 불빛 쪽으로 걸어 나온다. 나는 여차하면 얼굴에 날릴 계획으로 손에 쥔 크림빵을 놓지 않는다. 서너 명의 남자애들이 머리를 긁적이며 눈치를 본다. 그제야 옆 동에 남학교 학생들이 묵고 있다는 연주의 말이 떠오른다.

"미안한데 혹시 라이터 있어요?"

연두색 스웨터를 입은 남자애가 묻는다.

"없는데."

아이들이 다시 수군거린다.

"우리 고원고등학교에서 왔는데, 혹시 이따 만나지 않을래요?"

머리를 박박 밀어 원숭이처럼 보이는 남자애가 손을 번쩍 들고 묻는다. 남자애들은 원숭이를 쥐어박고 키들거리면서도 은근히 내 대답을 기다리는 눈치다.

"싫은데."

젖비린내 나는 녀석들에게 시위라도 하듯, 나는 크림빵을 잔디밭에 휙 던져 버리고는 돌아서서 유유히 걷는다.

강당 근처로 가니 마침 프로그램을 끝낸 아이들이 우르르 몰려 나오고 있었다.

주임은 여자 선생을 시켜 내 가방 속을 꼼꼼히 살피게 한다. 같은 방에 있는 다른 애들 가방도 살피긴 했지만, 그냥 지퍼만 열어 보는 정도였다.

"요즘 누가 촌스럽게 수학여행 오는데 술을 가져와요."

나는 고개를 설레설레 저으며 말한다. 주임은 못미덥다는 듯이 나를 흘끗 쳐다보고는 방을 나간다. 잠시 후 연주가 캔 맥주를 뺏겼다고 입을 씰룩이며 찾아왔다. 그 커다란 캔을 고스란히 가방에 넣어 짊어지고 오다니, 과연 연주답다.

민정이가 생수병을 들고 내 방으로 건너온다. 새것과 다름없는 생수병 옆구리에는 얇은 투명테이프가 붙어 있다. 주사기 바늘을 꽂아 물을 빼고 소주를 채워 넣은 것이다. 뚜껑도 뜯지 않은 데다, 낮에 생수 공장에서 한 개씩 받았던 생수병과 같은 것이어서 감쪽같다.

판을 벌여도 주임 선생이 잠든 뒤에 시작해야 할 것이었다. 나는 '검은 아우라'들 속에 끼어, 이불을 코까지 끌어당기고 자는 척 눈을 감는다. 낮게 코 고는 소리가 들려 슬쩍 옆을 보자 외계인이 눈을 반쯤 뜨고 자고 있다. 비명을 지르고 싶지만 애써 참는다. 눈 크기에 비해 눈꺼풀이 모자란 것은 저 애 잘못이 아니니까.

통 통 통. 눈을 뜬다. 외계인의 발이 내 배 위에 올라와 있다. 문밖에서 연주와 민정이가 모기만 한 목소리로 나를 부른다. 나는 눈을 비비며 문을 연다.

"야, 너 그새 잠들어 버리면 어떡해. 빨리 나와 봐."

연주와 민정이는 생수병 한 개씩을 손에 들고 조심조심 복도를 걷는다. 그 애들이 걸음을 멈춘 곳은 2학년의 친한 무리들이 모두 모여 있는 방이 아닌, 비상구 계단 앞이다. 연주가 소리 죽여 손잡이를 돌린다. 비상구를 알리는 녹색 불빛이 밀려 나와 발등을 적신다.

"여어!"

원숭이가 아는 체를 한다. 연두색 스웨터는 벌써 과자 봉지를 뜯고 있다. 연주는 가죽 소파에 잔뜩 낙서를 해 놓고 엄마의 칭찬을 기다리는 어린아이처럼, 뿌듯한 표정으로 나를 쳐다본다.

"노숙자들 같잖아. 여기서 놀다가 동태 될 일 있어? 난 잠이나 잘래."

튕기는 차원에서 돌아가는 척하는 나를, 민정이가 붙든다.

"직녀야, 이게 무슨 경우 없는 행동이야."

민정이는 내 어깨를 탈탈 털어 주면서 씨익 웃는다.

술은 금방 바닥이 났다. 나는 과자 한 개를 소주에 슬쩍 찍어 먹은 것이 전부다. 종일 설사를 한 데에 술까지 마셨다가는 내일 아침 좀비가 되어 있을지도 모른다는 걱정 때문이었다. 연주는 원숭이와 킥킥거리며 수다를 떨고, 민정이는 연두색 스웨터를 붙잡고 막심 고로케인지 고리키인지에 대해 떠들어댄다.

"우리 방에도 숨겨 둔 거 좀 있는데. 캔 맥주를 수건에 싸서 가져왔거든."

빈 생수병을 아쉬운 듯 쳐다보던 원숭이가 말한다.

"당장 가져오자!"

"근데 지금 이대로 나갔다가는 들킬 거 같아. 나 노래 부르고 싶어 죽겠거든. 분명히 복도에 뛰어다니면서 노래 부르고 말 거야."

원숭이는 꼭 노래 때문이 아니더라도, 기우뚱거리는 몸 때문에 대번에 들킬 것 같다. 우리까지 포함해서, 공평하게 가위바위보로 옆 동 308호에 잠입할 사람을 정하기로 한다.

잠시 후, 의심스러운 수건 뭉치를 들고 007대작전을 펼쳐야 할 영광스러운 술래로는 이 세상에서 가장 일진이 안 좋은 내가 걸렸다.

옆 동으로 넘어가는 데에 있어 가장 큰 장애물은 두 학교의 주임 선생들이 아니라 바로 어둠이라는 것을 깨닫기까지는 5분도 채 걸리지 않았다. 조명등이 꺼진 복도는 쥐 죽은 듯 고요하다. 나는 휴대폰 손전등을 켰다가 재빨리 다시 끈다. 창백한 불빛이 오히려 더 무섭다. 최대한 어둠의 일부분인 척 행동하려고 애쓴다. 그러지 않으면 나를 적으로 인식한 어둠이 금방이라도 이빨을 드러내며 달려들 것 같기 때문이다.

땡! 엘리베이터가 3층에서 멈춘다. 나는 욕실 벽을 타고 올라가는 거미처럼 조용하면서도 빠른 걸음걸이로 308호를 찾아 나간다. 아까 원숭이가 슬쩍 뱉은 말을 농담인 줄 알고 흘려들었는데, 308호 옆방은 정말로 남학교 학생 주임 방이었다. 남학교 학생 주임은 혹시라도 문제를 일으킬까 봐 원숭이 무리들을 자기 옆방으로 배정해 놓았다고 한다. 우리 주임 선생보다 고수다.

열쇠 구멍을 찾아 살그머니 열쇠를 밀어 넣는다.

"으, 냄새!"

방 안에는 구린내가 섞인 시큼한 악취가 안개처럼 부유하고 있다. 나는 신발을 벗지 않은 채 손을 뻗어 화장실 안쪽을 더듬는다. 분명 변기 뒤편에 숨겨 두었다고 했는데.

까칠한 수건이 막 손에 잡힌 순간, 철컥, 하는 서늘한 마찰음이 들려온다. 옆방 문이 열리는 소리다.

"안 자는 거 안다. 문 열어라."

보나마나 이 학교 주임이다. 당황한 나는 방 안으로 들어가 어둠 속을 헤맨다. 주임 선생은 손잡이를 돌려보기도 하고 문을 쾅쾅 두드리기도 한다. 분명 어떻게 해서든 안으로 들어오고야 말 기세다.

누군가가 내 팔목을 낚아챈다. 몸이 옆으로 기우는 듯하더니 찬 바람이 훅 끼친다. 베란다 쪽으로 나를 잡아끈 것은 처음 보는 남자애다. 그 애는 조용히 하라는 눈치를 주더니, 재빨리 나가 문을 연다. 졸린 듯한 목소리 연기가 일품이다. 주임 선생은 의심을 하는 듯하였으나 이내 돌아간다. 이것들이 만반의 준비를 하고 나간 모양이다. 이부자리에 마치 사람처럼 끼워 놓은 베개들하며, 이불 사이로 비죽이 튀어나와 있는 손 모형의 등 긁개까지, 모든 것이 완벽하다.

"여기 비어 있다 그랬는데. 넌 뭐냐?"

나는 남자애를 향해 퉁명스럽게 묻는다. 키는 나보다 조금 더 큰데, 얼핏 달빛에 비친 뺨이 맑다.

"난 계속 이 방에 있었어. 걔들 눈에 안 보였을 뿐이지."

"베란다에서 뭐 하는데?"

"그냥 잠이 안 와서 바람 쐬고 있었어."

나는 늘어지게 기지개를 켠다. 주임 선생이 잠들 때까지 조금 더 기다렸다가 나가는 편이 좋을 것이다. 베란다 난간에 기대어 내가 묵는 방 쪽을 바라본다. 건물이 비스듬하게 서 있어 자세히는 보이지 않지만, 얼핏 그 근처에서 불빛이 번져 나오는 것 같다.

설마 연주네들이 걸린 것은 아니겠지. 만약이라도 내가 여기에 잠입한 것을 알게 되면, 정말 끝장이다. 주임 선생에게 혼나는 것도 신경이 쓰이지만, 애들 심부름이나 하다가 걸렸다는 소문이 퍼지는 것은 더더욱 참을 수 없다.

"너는 왜 이 방에 혼자 있냐? 혹시 왕따야? 애들이 괴롭혀?"

나는 비스듬히 서서 묻는다. 남자애가 웃는다.

"어휴, 무진장 춥네. 안에 들어가서 있자."

나는 호들갑스럽게 팔을 문지르며 다시 냄새나는 방으로 들어온다. 휴대폰에 달린 손전등을 켠다. 눈이 부시다는 듯, 남자애는 더 멀찍이 뒤로 물러나 앉는다.

"야, 너 발가락 되게 예쁘다."

손전등 불빛을 이리저리 흔들어 비추던 것을 멈추고 내가 말한다. 남자애는 길고 가지런한 발가락을 이불 속으로 감춘다. 잠시 정적이 흐른다.

"이 방 쓰는 애들하고 안 친하지?"

나는 강물에 가라앉는 종이배처럼, 밤이 깊어 잠기기 시작하는 목소리를 가다듬고 묻는다.

"모르겠어. 애들이 나를 별로 안 좋아해."

"어휴, 너도 참 답답하다. 그럼 아까 애들 도망 나갔다고 확 불어 버리지 그랬어."

내가 말하자, 남자애가 어둠 속에서 피식 웃는다.

"그럼 니도 길뎄을 텐네?"

"그건 고마운데. 너 그런 거 일일이 생각하면서 행동하다가는, 만년 그 신세일걸. 한 번쯤은 확 성질 내키는 대로 저질러 봐야 애들이 얕보질 못하지."

옆방에서 학생 주임 선생이 나오는 소리가 들린다. 나는 반사적으로 어깨를 움츠린다. 두꺼운 치즈를 벽에 붙였다 떼었다 하는 듯한 발걸음 소리는 방문 앞을 지나 멀어진다.

"이참에 빨리 나가야겠다."

나는 화장실에 들어가 캔 맥주를 들고 나온다. 남자애가 덩달아 자리에서 일어난다.

"데려다줄까?"

아무래도 주임 선생이 엘리베이터로 내려간 것 같아, 우리는 비상구로 들어간다. 발을 뗄 때마다 걸음 소리가 박쥐 날갯짓 소리처럼 웅웅거린다. 앞장서서 걷는 남자애를 뒤따라가던 나는 소리를 죽여 웃는다.

"너 비상구 불빛 때문에 몸이 초록색이다. 꼭 피터팬 같아."

남자애는 초록빛으로 물든 자신의 흰 티셔츠를 내려다보고는 멋쩍은 듯 웃는다. 순박한 눈매가 귀엽다. 나는 계단을 내려가는 척하다가 일부러 무릎을 꺾어, 앞쪽으로 고꾸라진다.

"어어, 괜찮아?"

제 등으로 엎어진 나를 간신히 받친 남자애가 당황한 목소리로 묻는다. 남자애의 몸에서 풀잎 냄새가 난다. 그냥 잔디밭의 풀 냄새는 아니다. 뭐랄까, 바람결에 우주로 날아가 조용히 떠다니고 있는 그런 풀 냄새. 그런 건 맡아 본 적이 없어도 직감적으로 알 수 있는 것이다.

나는 절뚝거리는 척한다. 남자애는 내 손을 잡고 천천히 계단을 내려간다.

"아야야, 못 걷겠어. 삐었나 봐."

엄살 부리는 것은 내 전공, 측은한 척해 보이기는 내 부전공이다. 남자애는 난감한 듯한 표정을 짓고 망설인다. 나는 다리가 부러지기라도 한 듯 괴로운 얼굴을 지으며 애써 일어나 보려 한다.

"어떡하지? 업어 줄까?"

"그래도 되겠어? 나 꽤 무거운데."

행운을 발견했을 때는 불독처럼 달려들어 물고 절대 놔 주지 말 것. 이것은 내 삶의 신조와도 같다. '행운'을 '마음에 드는 남자애'로 아니, '다시는 못 볼지도 모르는, 마음에 드는 남자애'로 바꿔도 그 내용은 크게 달라지지 않겠지? 남자애의 등은 따뜻하다. 옷에서는 햇볕 냄새가 난다. 나는 슬쩍 오른쪽 뺨을 남자애의 어깨에 갖다 대어 본다. 걸음에 맞춰 어깨의 움직임이 느껴지자, 가슴이 두근거린다. 나는 남자애의 하늘색 운동화를 내려다본다.

"너, 나중에 걔네들이 괴롭히거나 하면 연락해. 내가 해결해 줄게."

밀해 놓고 후회한다. 저음부터 너무 서질게 얘기하지 않았나? 남자애가 대답이 없자, 얼른 생각나는 대로 말을 잇는다.

"나 무겁지? 나중에 학교 가서 연락할래? 내가 쫄면이라도 한 턱 쏠게."

"그래."

밖으로 나온다. 돌아가야 할 곳까지 얼마 남지 않았다고 생각하니 아쉽다. 남자애는 잠시 멈춰 선다.

"여기서 잠깐만 기다려. 화장실 다녀올게."

남자애가 말한다. 나는 고개를 끄덕이며 등에서 내려온다.

한참을 기다렸지만 남자애는 오지 않는다. 나는 멀쩡한 발목으로 제자리 뛰기를 해 보기도 하고, 높이뛰기를 해 보기도 한다. 복도 끝에 있는 남자 화장실 앞을 기웃거려 봤지만, 남자애는 몰래 돌아간 듯 인기척이 느껴지지 않았다.

정말 일진이 안 좋은 날이군. 나는 운동화 위로 드러난 튼튼한 발목을 내려다보며 중얼거린다.

"누구지? 우리 나올 때는 남은 녀석이 없었던 거 같은데."

부석부석한 얼굴의 원숭이가 장난치지 말라는 듯한 목소리로 말한다.

연두색 스웨터가 거들어 말한다.

"섬에는 귀신이 많다던데. 너 귀신 본 거 아냐?"

나는 셔츠 앞자락을 내려다본다. 풀밭에 오래 앉아 있다가 일어서면 남는 풀물처럼, 무언지 모를 녹색 물이 들어 있다.

"너, 「소나기」 찍냐? 시시하다, 관둬."

원숭이들이 재미없다는 듯 화제를 바꾼다. 나는 앞자락에 물든 녹색 물을 한참 동안 들여다보았다.

다음 날 연주와 민정이는 주임 선생의 옆방으로 옮겨졌다. 전날 밤 술에 취한 연주가 우리 학교 선생님들이 모여 있는 회식 자리를 찾아가 "주임, 나와! 왜 맨날 나만 씹어 대는 건데!" 하고 소리를 질러 댔기 때문이었다. 아, 주임 선생의 옆방으로 옮겨 간 인물이 두 명 더 있었는데, 그건 바로 외계인과 손톱 물어뜯는 아이였다. 둘은 내가 나가고 난 뒤 대담하게도 방에 불을 켠 채 맥주를 마시다 현장에서 고스란히 들켰다고 한다.

티셔츠를 빨아 보았지만, 녹색 물은 지워지지 않았다. 연주는 그 남자애가 분명 외로워서 자살한 학생 귀신일 거라고 겁을 주었다. 그러나 나는 어쩐지, 그 애가 정말 피터팬이 아닐까 하는 생각이 들었다. 우주를 날아가다가 별똥별에 이마를 찧고 잠시 308호 베란다에 떨어진 피터팬.

집에 돌아오니 분위기가 잔뜩 긴장되어 있다. 그리고 보니 보름 후면 오빠의 수능 시험이다.

밤만 되면 우리 집 베란다를 내다보는 습관이 생겼다.

9
웃어라, 한 번도 울어 보지 않은 것처럼

"그럼 결정한 거지요?"

매니저라는 남자는 옅은 보라색이 도는 색안경을 올려 쓰며 묻는다. 코끼리처럼 비대한 체구에 머리숱은 한 줌도 안 되어 보일 만큼 적다.

"네, 그럼요!"

연주는 경쾌한 목소리로 대꾸한다. 매니저는 포스트잇이 잔뜩 끼여 있는 두꺼운 다이어리를 탁, 소리 나게 덮는다.

"리허설 들어가야 하니까 제 시간에 꼭들 와 주시고. 전날에 다시 한 번 연락할게요."

매니저는 다음 스케줄이 있다며 먼저 일어선다. 그는 정경자의 매니저다. 연말 특집으로 있을 〈친구야, 뭐 하니〉 프로그램에 연주와 내가 정경자의 초등학교 때 친구로 출연해 주었으면 한다고 연락해 왔다. 보통 게스트 섭외는 작가들이 하지만, 정경자가 특별히 연주와 나를 섭외하도록 요청했다고 한다. 나는 거절할 생각이었다. 그러나 방송 출연이라는 말에 눈빛을 초롱초롱하게 밝힌 연주는 애처로운 표정으로 나를 바라보았다.

정경자는 요즘 귀엽고 청순한 이미지로 한창 인기를 끌고 있다. 남자 대학생들을 대상으로 조사한 결과, 함께 영화 보고 싶은 여자 연예인 1위로 뽑혔다고 한다. 여자 알기를 우습게 아는 오빠까지도 정경자의 브로마이드를 방에 걸어 놓았을 정도니, 말 다한 거다.

그런데 정경자가 왜 하필이면 연주와 나를 섭외하려는 걸까? 그 애와 우리는 초등학교 시절 꽤 '가까운' 사이긴 했으나 '친한' 사이는 아니었다. 가깝다는 의미는 여러 가지로 해석될 수 있다. 나는 수업 시간 동안에도 줄기차게 정경자를 괴롭힐 수 있도록, 자진해서 그 애의 짝이 되기도 했으니까.

매니저는 초등학교 시절 정경자의 어수룩하면서도 순박했던 면을 강조해 달라고 부탁했다. 그리고 정경자의 얼굴이 어렸을 때부터 유난히 갸름하여 별명이 '달걀 소녀'였다는 언급도 잊지 말라고 재차 말했다. 정경자가 달걀 소녀라니. 그 시절 정경자는 '똥바지', '입술 순대', '다리 달린 연탄'으로 통했다. 요즘 인터넷에서 성형했다는 소문이 도는 듯하더니, 선수를 쳐서 부인해 보려는 속셈인가 보다.

정경자가 우리를 싫어하고 있지 않을까 하는 내 말에 연주는 가벼운 한숨을 내쉰다.

"어릴 때는 다들 그러고 놀잖아. 너나 마음에 품고 있지, 누가 쫌생원처럼 그때 일을 아직까지 마음에 품고 있겠어? 니가 나 어지간히 괴롭혔지만, 내가 그런 거로 뭐라 그런 적 있어?"

수능이 끝난 오빠는 살이 2킬로그램이나 더 빠졌다. 사람으로서 할 수 있는 가장 나태한 생활을 영위하고 있는데도 체중이 줄다니, 이해할 수 없는 일이다. 며칠 전에는 오후 여섯 시가 넘도록 잠에서 깨지 않았다. 잠든 것이 아니라 기절한 게 분명하다고 판단한 나는 몰래 방에 들어가 비상금을 꺼내 나오려다가 베개로 세 대쯤 얻어맞았다. 오빠는 밤새 라면을 먹으며 컴퓨터로 영화를 보고, 게임을 하고, 만화책을 들척인다. 리모컨을 눌러 대던 도중에 뉴스에서 수능에 관한 프로그램이 나오기라도 하면, 재빨리 채널을 돌려 버린다. 토론 프로그램을 보고 미친 듯이 웃어 대는가 하면, 시시한 저질 코미디를 보며 진지한 표정으로 생각에 잠겨 있기도 한다.

"방송 녹화? 또 무슨 사고를 치고 오시려고?"

젖은 머리칼을 드라이어로 말리던 엄마가 나를 흘끗 보며 말한다. 수능이라는 토네이도가 지나간 후, 엄마는 나를 구박하는 횟수가 줄어들었다.

"정경자 걔가 연주랑 나 없으면 방송 안 나간다고 그랬대."

나는 혹시라도 방송 출연을 허락받지 못할까 봐, 살을 덧붙여 이야기한다.

"방송국 가는 거면 니 오빠도 데리고 가라."

엄마의 말에, 소파에서 텔레비전을 보던 오빠가 돌아본다.

"에이, 오빠는 그런 데 안 갈 거야. 그냥 나 혼자 갔다 올게."

나는 오빠가 듣지 못하도록 목소리를 낮추어 말한다.

"어? 나도 갈래. 나 방청객으로 넣어 주지 않을 거면, 너도 가지 마."

오빠는 동의를 구하듯 엄마 쪽을 쳐다본다.

"그래, 그렇게 해. 좋은 데는 남매가 같이 가야지."

말도 안 되는 일이라고 난리를 피우려던 나는, 잠깐 계산을 해 본다. 방청석에 앉아 조감독이 보내는 사인에 따라서 웃고 환호하고 야유를 보내는 일도 상당한 중노동이라고 들었다. 오빠를 방청석에 던져 놓고, 나는 무대에 올라 환한 조명을 받고 있는 것도 썩 나쁘지는 않겠다. 오빠에게 '너와 나의 수준 차이는 이 정도야.'라는 것을 알려줄 수 있는 좋은 기회가 될 테니까.

연주는 장기자랑까지 준비한다. 어제 저녁에는 엄마와 함께 백화점에 가서 녹화 때 입을 옷을 샀다고 한다.

나는 초등학교 때의 앨범을 꺼내 본다. 소풍 사진 속에서 호박 바지를 입고 솜사탕을 들고 있는 나와 멜빵 치마를 입은 연주 곁에 정경자가 울상을 짓고 있다. 뿐만 아니라 운동회, 수련회를 비롯해 생일 파티 사진에서도 정경자는 늘 우리 곁에 끼어 있었다.
앨범을 덮고 난 뒤 나는 약간 고개를 갸우뚱거린다. 내가 기억하
지 못하는 부분에 정경자와 우리가 한데 이어져 있던 우정의 매듭
같은 것이 있었던가. 이름도 기억나지 않는 사진 속 대부분의 아
이들에 비해, 정경자라는 이름뿐만 아니라, 그 애의 찡그리는 표
정이며 입술 밑으로 드러난 앞니까지 선명히 기억나는 것을 보면
우리가 결코 평범한 관계만은 아니었던 것 같기도 하다.

"사부! 어디 가요?"

건널목에 서 있는데 등 뒤에서 낯익은 목소리가 들려온다. 댄스
교실의 초등학생이다. 초등학생은 비슷한 키의 비쩍 마른 남자애
와 손을 잡고 있다.

"인사해, 우리 사부야."

초등학생이 말하자 남자애는 머리의 땜통을 드러내 보이며 꾸
벅 인사를 한다.

"사부, 애는 내 남자 친구예요. 귀엽죠? 연하예요."

비둘기 두 마리가 머리를 흔들며 발치로 걸어온다. 남자애는 운
동화 신은 발을 휘둘러 비둘기 떼를 쫓아 버린다. 비둘기 한 마리
가 날아갈 때마다 벼룩이 5만 마리씩 떨어진다던데. 아니, 5백 마
린가? 초등학생은 자랑스러운 표정으로 남자애를 쳐다보더니 다
시 가던 길을 걷는다.

문득, 나는 내가 정경자에게 도움을 주었던 적도 있다는 사실을
기억해 낸다.

프로그램의 작가는 젊은 여자다. 연주와 나는 학교 근처의 녹차 전문점에서 그녀를 만났다. 작가는 노트북을 펼치고 조금 지친 표정으로 우리에게 요구 사항을 늘어놓는다.

"재미있었던 일화를 몇 개 얘기해 주시고, 그 시절 정소라 씨에게 받았던 인상적인 이미지, 그리고 연예인이 된 정소라 씨를 처음 봤을 때 들었던 생각 같은 것을 알려 주시면 좋겠어요."

연주는 미리 연습하기라도 한 듯 조잘조잘 이야기를 꺼내기 시작한다. 정경자는 그때부터 무척 조용하고 여성스러운 성격이었다, 콩나물 반찬은 싫어했던 것으로 기억한다, 줄넘기를 잘해서 자기가 질투한 적도 있었다는 등의 시시껄렁한 이야기들이었다. 작가는 노트북의 자판을 두드리는 척하더니 이내 손을 뗀다. 그러고 나서 새로운 이야기를 기대한다는 듯한 눈빛으로 내 쪽을 쳐다본다. 나는 녹차를 한 모금 입에 머금고 있다가 천천히 삼킨다. 손녀에게 재미있는 이야기를 해 주기 전 뜸을 들이고 있는 백발의 노파와 같은 표정으로.

때는 열한 살의 여름방학. 지독한 더위가 중국집 스티커처럼 살갗에 쩍쩍 달라붙던 어느 날이었다. 나는 연주를 포함한 똘마니 부대를 끌고 학교 운동장 벤치에 모여 있었다. 운동장 가장자리에서 콩벌레를 주워 서로에게 던지고 놀다 보니, 방학 중 특기 적성 활동을 마친 아이들이 학교 건물에서 몰려나왔다. 나는 실내화를 갈아 신고 있는 정경자를 발견하고는 연주에게 사인을 보냈다. 연주는 잽싸게 정경자를 데리고 왔다. 그때 내 똘마니 중에는 정경자가 좋아한다고 소문나 있는 남자애가 있었다. 팔뚝에 사마귀처럼 돋아 있는 까만 점이 거슬리긴 했지만, 전교에서 잘생겼다고 소문난 남자애였다. 더군다나 당시 우리 학교에서 유행하던, 티셔츠에서부터 반바지, 운동화에 이르기까지 전부 나이키로 빼입는 '나이키족' 부대를 만들기 시작한 것도 그 아이가 최초였다.

"야, 우리 약혼식 놀이 하자. 너희 둘이 커플해라."

나는 정경자와 남자애를 함께 붙여 놓으며 말했다. 아이들은 그 둘을 벤치 위에 세워 놓고 제멋대로 가사를 붙인 축가를 불러댔다. 학교 담장에 드리운 아카시아 가지의 이파리를 훑어다가 둘의 주변에 뿌리기도 했다.

"자, 이제 너희 약혼했으니까, 니가 경자 볼에 뽀뽀해."

뒤에서 팔짱을 끼고 서 있던 나는, 남자애에게 턱짓을 하며 명령했다. 그 애는 나이키 시계를 찬 팔목을 만지작거리며 어정쩡한 자세로 서 있었다. 정경자는 얼굴빛이 발그레한 채 자기 발끝만 내려다보았다. 주춤거리던 남자애는 무릎을 구부려, 키가 작은 정경자의 볼에 입을 맞추었다. 우리는 기다렸다는 듯 난리 법석을 피우며 놀려 대기 시작했다. 정경자는 벤치에서 내려와 남자애를 한번 올려다보더니, 교문을 향해 달려갔다. 나는 멋쩍은 표정으로 아이들을 밀쳐 내고 있는 남자애와, 교문을 빠져나가고 있는 정경자의 뒷모습을 번갈아 쳐다보았다. 하란다고 진짜 하냐! 남자애의 귀여운 볼우물과 반듯한 콧대를 바라보던 나는, 그때부터 정경자를 본격적으로 괴롭히겠노라고 마음을 먹었다.

아빠가 퇴근길에 유리 수족관을 들고 왔다. 야트막하게 깔려 있는 톱밥 사이로 어린애 주먹만 한 크기의 잿빛 뭉치가 꿈틀거린다. 아빠는 유리 수족관을 사료 봉지와 함께 베란다에 내려놓는다.

"웬 고슴도치예요?"

오빠가 맨발로 베란다 타일을 밟고 선 채 묻는다.

"누가 한 마리만 분양해 가라고 사정을 하기에 받아 왔어. 쓰다듬을 때는 꼭 이 장갑을 껴야 한다."

아빠는 스파이더맨의 마스크처럼 쫀쫀해 보이는 검은 장갑을 수족관 옆에 내려놓는다. 엄마는 아빠가 들어오는 모습만 잠깐 나와서 봤을 뿐, 베란다의 유리 수족관에는 눈길도 주지 않는다. 원래 엄마랑 아빠는 대화도 거의 나누지 않고, 서로 살가운 분위기를 자아내지 않는 편이긴 했지만 요즘은 어쩐지 더 냉전 상태인 듯하다. 오빠의 수능이 끝난 다음 날이었던가. 저녁 무렵 안방에서 큰소리가 나더니 아빠는 날이 밝기도 전에 출근하셨다. 그 뒤로는 집에서 가끔 드시던 아침 식사조차 하지 않은 채 새벽같이 출근해 버리는 날이 이어지고 있다. 그럴 때마다 엄마는 아침상 반찬들을 냉장고에 넣지도 않은 채 한참 동안 그대로 방치해 둔다.

고슴도치는 뒤뚱거리다가 뒤로 벌러덩 자빠진다. 상앗빛 뱃가

죽이 드러난다. 나는 손가락을 뻗어 간지럼을 태워 보고 싶은 충동을 참고, 볼펜 끝으로 고슴도치의 콧잔등을 툭툭 건드려 본다. 고슴도치는 덤블링 선수처럼 훌렁, 몸을 뒤집어 제 위치로 돌아오더니 가시를 잔뜩 세우고 톱밥 속에 죽은 듯 웅크려 있다.

"이름은 뭐로 하죠?"

"두리라고 하더라."

두리. 누가 지었는지 이름 한번 촌스럽다. 요즘은 푸딩이나 초코 같은 이름이 대세인데.

녹화 예정일인 일요일 오전. 연주를 본 나는 뒤로 나자빠질 뻔했다. 이것은 동창으로서 프로그램에 참여하는 사람이 아닌, 주연 게스트나 사회자의 옷차림에 가깝다. 연주는 내 뒤에 부록으로 딸려 온 오빠를 향해 호들갑스럽게 인사를 한다.

리허설은 두 시간 넘게 걸렸다. 정경자는 예정 시간보다 30분쯤 늦게 도착했다.

"야, 쟤 얼굴 봐 봐, 저게 사람 얼굴이냐? 어쩜 저렇게 작을 수 있어?"

가수 출신의 여자 사회자를 흘끔거리던 연주가 내 귓가에 소곤거린다. 동창으로 출현한 게스트들은 전부 세 명이다. 연주와 나, 그리고 정경자가 전학 갔던 학교의 친구라는 아이가 한 명 더 나왔다. 작가가 다가와 게스트들을 주목시킨다.

"떨지 마시고 대본대로만 이야기해 주시면 됩니다. 정소라 씨가 워낙 애드리브로 이야기하는 것을 좋아하는 편이긴 한데, 그럴

땐 당황하지 마시고 적당히 대꾸하거나 웃어 주시면 되고요. 녹화 중에 주위를 두리번거린다거나, 옆에 있는 분과의 잡담은 삼가 주세요."

이윽고 녹화가 시작된다. 이마 위로 내리쬐는 조명이 생각보다 뜨겁다. 사회자들의 오프닝에 이어 곧 정경자가 모습을 드러낸다. 어깨 위로 찰랑거리는 웨이브 머리에, 교복을 연상시키는 체크무늬 리본과 미니스커트, 굽이 높은 까만색 구두 차림의 정경자는 믿고 싶지 않을 만큼 눈부신 빛을 발산하며 무대의 중심에 선다. 남자 사회자가 정경자의 후광효과에 의해 휘청거리는 흉내를 낸다. 정경자는 어깨를 살짝 흔들며 부끄러운 듯 웃는다. 나는 방청석에서 입을 다물지 못하고 있는 오빠를 발견한다.

정경자는 옛 친구들을 둘러보며 반가워서 감격한 듯한 표정을 짓는다. 나와도 잠시 눈이 마주치는가 싶었으나 이내 반대쪽으로 시선을 돌린다.

"제가 생각할 때 정소라 씨가 초등학교 때 꽤 유명했을 거 같아요. 우스갯소리지만 왜 학교에 자주 찾아오시는 어머니들 계시잖아요? 그런 어머니 밑에서 공주처럼 자라지 않았을까 싶은데. 그러면서도 공주다운 차림이랑 어울리지 않게 친구들과 몰려다니면서 가끔은 짓궂은 장난도 치고 그러지 않았어요?"

사회자가 묻는다. 정경자네 엄마는 걔네 아빠와 함께 트럭을 끌고 동네를 돌아다니며 고등어, 오징어, 갈치 등을 팔곤 했다. 우리 엄마는 그 집 생선이 물이 좋다며 곧잘 사 먹었더랬다. 운동회나

학예회 발표 때, 부모님이 오지 않은 아이들끼리 한데 모여 도시락을 먹는 자리를 쳐다보면 항상 정경자가 끼어 있었다.

"저희 부모님은 일 때문에 바쁘셨어요. 그래서 저는 항상 숙제도 혼자 하고, 가끔은 도시락도 스스로 싸고 그랬지요. 제가 가장 잘 만드는 반찬은 달걀말이였는데……."

정경자는 모호한 대답으로 자연스레 화제를 돌린다. 잠시 후 카메라 앵글이 우리 쪽으로 돌아온다. 초등학교 동창이 앉는 줄에는 연주, 나, 모르는 아이 순으로 자리가 배치되어 있었다. 사회자가 다가오자 연주는 비석처럼 딱딱하게 굳어 버린다. 나는 발을 뻗어 연주의 복사뼈를 걷어찬다.

"저는 경자, 아니 소라랑 3년간 같은 반이었는데요."

연주가 마이크에 대고 말을 할 수 있었던 시간은 20초가 채 되지 않았다. 잔뜩 얼어 횡설수설하는 통에 사회자가 재빨리 말을 끊도록 유도했기 때문이다. 정경자는 살굿빛 볼을 봉긋이 세우며 웃어 보인다.

"내가 기억력이 안 좋은가. 초등학교 때면 몇 년 되지도 않았는데 얼굴이 잘 기억이 안 나네요. 연주? 혹시 별명이 '딱따구리'였어?"

딱따구리라는 별명은 당시 치아 교정 중이었던 연주의 톡 튀어나온 입술을 보고 내가 붙인 것이었다. 연주가 하도 사납게 반응하던 탓에 나 외에는 누구도 그 별명으로 연주를 부르지 못했다.

"아니, 저……."

당황한 연주는 마이크로 입을 가져갔지만, 정경자가 딱, 하고 손뼉을 쳤기 때문에 말할 기회를 놓쳐 버린다. 정경자는 눈을 크게 뜨고 반가워서 못 견디겠다는 표정으로 연주를 바라본다.

"맞네! 그때 왜 교정하고 있던 중이라 애들이 전부 딱따구리라고 불렀잖아. 과학상사 실험했던 서 생각나요. 전기 통하는 물체들을 전선으로 연결해서, 미니 전구에 불을 밝히는 실험을 하고 있었거든요. 근데 어떤 짓궂은 친구가, 연주 교정기를 보고는 저것도 철사처럼 보이는데 전기가 통하지 않겠느냐고, 억지로 전선을 갖다 대려고 한 적이 있었어요."

"어머, 상처받았겠어요."

여자 사회자가 재빨리 맞장구친다. 옆자리의 연주는 살짝만 건드려도 푸시시 소리를 내며 먼지와 함께 부서져 내릴 것 같다. 정경자가 말한 것은 사실이다. 전선을 들고 연주의 뒤를 쫓아다니던 그 짓궂은 친구가 바로 나다.

"그때 맘고생 많이 하더니 지금은 치열이 참 고르고 예쁘네."

정경자는 연주를 향해 빙그레 웃으며 말한다.

뭔가 잘못되어 가고 있다는 느낌이 든다. 그러나 곧 나를 향해 카메라앵글이 돌아오자, 연주의 처지를 생각할 여유가 사라진다.

초등학교 때 정경자와 함께했던 일화를 이야기해 달라는 사회자의 말에, 나는 미리 외운 대본을 침착하게 읊는다. 내가 얘기했던 약혼식 놀이 이야기를 작가가 다듬어 준 것이 주 내용이다. 뽀

뽀 장면을 이야기하자, 방청객 쪽에서 '오오' 하는 부추김 소리가 들려온다. 시선이 집중되고 있는 순간의 긴장 충만한 쾌감이라는 것이 바로 이것이구나. 마치 싱싱하게 철썩이는 파도를 타고 서핑하는 기분이다. 나는 한마디도 더듬지 않고, 이야기를 술술 끝까지 마친다.

"아아, 기억나요."

잠시 생각에 잠긴 듯한 표정을 짓고 있던 정경자가 천천히 고개를 끄덕인다. 사회자가 농담을 한마디 꺼냈으나, 정경자는 미미한 미소만 지을 뿐 웃지 않는다.

"근데 저는 좀 다르게 기억하고 있어요."

정경자가 입을 열자 무대가 고요해진다.

"그 남자애는 제가 좋아하던 애가 아니었어요. 저랑 같은 골목에 살던 남자애였는데. 그 당시 저희 부모님이 꽤 큰 생선가게를 하고 계셨거든요. 그 남자애가 그걸로 저를 많이 놀렸어요. 하루는 집에 가는데, 그 남자애랑 애들 몇 명이 저한테 오더니 자꾸 생선 썩는 냄새가 난다는 거예요. 그러면서 씻고 좀 다니라고 놀려대는데, 이상한 건 그날따라 정말 저한테 생선 냄새가 나는 것 같은 거예요. 어린 마음에 울면서 집에 왔지요."

정경자는 쓸쓸한 표정을 지으며 눈을 내리간다. 여자 사회자가 정경자에게 한 발짝 더 다가서며, 편을 들 듯 묻는다.

"그럼, 그때는 싫어하는 남자애랑 억지로 뽀뽀를 했던 거네요?"

"그런 셈이죠. 게다가 한여름이었거든요. 식중독 때문에 한참

고생하고 난 뒤였는데, 땡볕 아래에 서 있다가 정말 쓰러질 뻔했어요."

방청석 쪽에서는 '어어' 하는 위로의 목소리가 울린다. 그 둥근 목소리들이 그려 낸 곡선의 끝은 아주 당연하다는 듯 내 앞에 닿아 멈춘다.

"아니, 왜 그러셨어요?"

남자 사회자가 나를 향해 묻는다. 나는 관자놀이를 타고 땀방울이 흘러내리는 것을 느낀다.

"어휴, 땀까지 흘리시네. 소라 씨, 직녀 씨도 미안해하시는 것 같은데요."

"아, 미안해하지 않아도 돼요. 그때는 직녀가 많이 심술궂기는 했지만, 다 지나간 일인데요, 뭐."

정경자는 손사래를 치며 말한다. 나는 부들부들 떨리는 손등으로 땀을 훔친다.

"혹시, 그때 연주 씨 치아 교정을 한 것 가지고 괴롭혔다는 친구 분도 직녀 씨 아니에요?"

남자 사회자는 장난스러운 표정으로 묻는다.

"네, 맞아요."

대답이 들려온 쪽을 돌아본다. 연주가 마이크에 바짝 입을 갖다 대고 있다. 나는 수백 마리의 벌 떼가 머릿속을 날아다니고 있는 듯한 어지럼증을 느낀다.

"요즘도 친구들 괴롭히고 다니세요?"

남자는 농담처럼 묻는다. 나는 애써 미소를 지어 보이며 다음 사람에게로 마이크가 넘어가길 기다린다. 그러나 정경자는 나를 향해 또각또각 다가온다. 그러고는 새하얀 이를 드러내고 웃는다. 그것은 아이들에게 팬티 색깔을 들킨 뒤 울며 교실을 뛰쳐나가던, 교과서에 붙어 있는 남의 코딱지를 손끝으로 떼어 내며 울상을 짓던, 혼자 운동장 구석에서 줄넘기를 하고 있던 어린 정경자의 억지웃음이 아니었다. 국민 동생이라는 미녀 스타 정소라의 눈부신 웃음이었다.

"이 친구가 닭 울음소리 흉내를 그렇게 잘 내요. 들어보고 싶지 않으세요?"

방청석에서는 '와아' 하는 부추김과 함께 박수 소리가 쏟아진다. 오빠의 목소리가 유독 도드라지는 것 같다. 나는 몇 차례 거절하다가, 작가와 피디가 사인을 보내는 것을 보고 떠밀리듯 일어서서 목을 가다듬는다. 초등학교를 졸업한 이후로는 한 번도 해 본적이 없던 닭 울음소리 흉내다.

"꼬오끼이오오오."

사방에서 웃음소리가 쏟아진다. 사회자들은 그 틈에 손에 들고 있던 대본을 슬쩍 훑어본다. 정경자는 고개를 갸우뚱하며 카메라를 향해 웃어 보인다.

"그땐 정말 똑같았는데, 지금은 별로네."

녹화는 다섯 시간에 걸쳐 끝이 난다. 마지막으로 정경자가 동창생 모두와 한 번씩 악수를 하는 차례가 이어진다. 연주를 거친 정경자는 내게 손을 내민다. 가지런히 정리해 분홍빛 매니큐어를 바른 손톱들이 조명에 빛난다.

"소라 씨, 이제 직녀 씨를 용서해 주는 거죠?"

여자 사회자가 생각났다는 듯 살짝 웃으며 묻는다. 높은 굽 위에 선 정경자는 나를 내려다보며 눈을 한 번 크게 떠 보인다.

"당연하죠!"

촬영이 끝난 뒤, 세트장에서 나오던 나는 발을 헛디뎌 넘어질 뻔한다. 연주는 어느 틈에 재빨리 도망을 간 모양인지 보이지 않는다. 오빠가 배를 쥐고 웃으며 다가온다.

"너 오늘 표정 진짜 끝내주더라."

나는 오빠를 버려둔 채 성큼성큼 작가에게로 다가간다. 출연료는 언제 들어오느냐고 묻자, 작가는 곧 입금될 거라고 대답한다. 정경자는 다른 동창과 몇 마디 이야기를 나누는 듯하더니 이내 코디와 매니저에게 둘러싸여 자리를 떠난다. 나는 이마를 짚는다. 아직 조명의 열기가 남아 있는 듯 이마가 뜨겁다.

연주는 그 뒤로 일주일쯤 나를 피해 도망 다녔다. 오빠는 그날분의 방송을 녹화해 몇 차례씩 돌려 봤다. 방송이 나간 뒤 나는 잠깐 '정소라 동창 닭소리'라는 검색어로 인터넷 검색 순위에 올랐다. 그 충격으로 나는 며칠간 컴퓨터 코드를 뽑아 두고 마치 무인도에 떨어진 로빈슨 크루소처럼 미개한 생활을 했다. 그리고 얼마 뒤 정경자의 안티 카페에 가입했다.

중학교 때 이후로 연락이 끊겼던 나이키족 남자애에게서 연락이 왔다. 그 애는 연주가 몰라보게 예뻐진 것 같다며 소개해 달라고 했다. 나는 아무 대꾸도 하지 않고 전화를 끊었다.

동네에서 마주친 초등학생은 '사부는 역시 나의 우상'이라며 엄지손가락을 치켜올렸다.

엄마는 일거리가 하나 더 늘었다고 화를 내며 고슴도치에게 먹이를 준다. 나는 오빠가 텔레비전 위에 올려 둔 녹화 테이프를 쓰레기통에 던져 버리고는 방으로 들어온다.

이번엔 정경자의 승리다. 지렁이인 줄 알고 밟았던 것이 새끼 구렁이였을 줄이야.

10
봄비 내리던 날

다음 생에는 바위로 태어나고 싶다. 햇살이 잘 비치는 계곡에 육중한 몸을 풀어 놓고 평생 잠만 자는 바위. 인정머리 없는 관광객이 정을 쪼아 대거나, 건방진 산새들이 똥만 휘갈기지 않는다면 그처럼 팔자 좋은 존재가 또 있을까. 교과서에 실린 유치환 시인의 시처럼, 애련에 물들지 않고 희로에 움직이지 않고, 뭐 그런 것도 다 좋긴 하다. 그러나 무엇보다 바위에 끌리는 것은 입과 귀가 없다는 점이다.

"그만 좀 하세요!"

"몇 번을 말해야 알아듣겠니? 다 널 위해서야, 정석아."

나는 지금 두 시간째 거실에서 들려오는 소음에 시달리고 있다. 오빠는 버럭버럭 소리를 질러 대고, 엄마는 그런 오빠에게 애원을 하다가, 마주 소리를 지르다가, 앓는 흉내 내기를 반복한다. 둘이 함께 있으면 옆에 지나가는 사람이 우산을 쓰고 걸어야 할 만큼 깨가 쏟아지던 엄마와 오빠가 맞부딪치다니, 기념비라도 세워야 할 일이다.

엄마는 오빠에게 "널 위해서야."라는 말을 수십 번도 넘게 반복한다. 오빠는 오빠대로 "내 인생은 내가 알아서 해요."라고 절규하듯 말한다. 나는 방금 화장실에 다녀오던 길에 "이제 그만들 좀 하지."라고 중얼거렸다가 소파 쿠션에 뒤통수를 얻어맞았다.

마찰의 원인은 오빠의 대학 문제다. 오빠는 서울 외곽에 있는 대학교의 국어국문과에 붙었다. 본인은 자기가 원했던 전공이라며 만족스러워했다. 사실 4년제 대학교에 붙은 것만으로도 오빠로서는 감지덕지해야 할 일이었다. 그러나 엄마의 생각은 달랐다. 이름도 알려지지 않은 대학교, 게다가 국어국문과라니 절대 납득할 수 없다고 했다. 엄마는 오빠가 마지막 모의고사에서 형편없는 등급을 받아 왔을 때까지도, 오빠가 명문대 경영학과에 들어갈 것이라고 철석같이 믿고 있었다. 나는 그런 엄마의 모습을 볼 때마다 '사랑에 눈이 먼 자, 사랑에 멸하리.'라는 노래 가사가 떠올랐다.

엄마는 오빠에게 재수를 하라고 한다. 그러나 오빠는 재수를 해 봤자 성적을 더 올릴 자신도 없을 뿐더러 지금 합격한 대학교와 학과도 충분히 마음에 드는데 굳이 시간 낭비를 하고 싶지 않다고 한다.

"너 국문과 가서 나중에 뭐 할 건데? 취직 안 되면 고시 공부라도 할 거야?"

오빠를 회유하던 엄마는 혹여나 하는 감정이 담긴 목소리로 묻는다.

"안 해요. 그건 엄마 희망 사항이죠."

오빠의 목소리는 퉁명스럽다.

"그럼 뭐 될래?"

"시인이요."

거실이 잠잠해진다. 나는 엄마가 고혈압으로 쓰러진 것은 아닌가 하는 생각이 든다. 이내 쾅하고 현관문 닫히는 소리가 울린다.

오빠가 시인이 된다면 나는 알래스카로 가서 썰매 개 조련사가 되겠다.

며칠째 민정이와 연락이 되지 않는다. 연주와 함께 민정이네 집에 찾아온 나는 여러 차례 초인종을 눌러 대던 손을 거둔다. 연주가 발돋움을 하고 침침한 창 안쪽을 들여다본다. 우리는 현관문 앞에 돌아오면 전화 달라는 쪽지를 남겨 놓고 돌아선다.

종이컵에 담긴 어묵 국물이 몽클몽클한 연기를 뿜어낸다. 연주와 나는 콧물을 훌쩍이며 길고 뜨거운 어묵을 간장에 찍어 먹는다. 민정이는 혹시 스파르타식으로 아이들을 교육시키는 기숙사 학원 같은 데에 들어간 것이 아닐까? 만일 그렇다면 해골처럼 야

위어서 돌아오지 말아야 할 텐데. 연주는 민정이가 쥐도 새도 모르게 납치된 게 아닐까 하고 걱정한다. 학원에서 밤늦게 돌아오는 길에, 마치 하수구에 빨려 들어가듯 인신매매단의 봉고차 속으로 끌려 들어간 것은 아닐까.

"외계인한테 납치를 당한 거면 어떡해?"

우리는 점점 공상과 망상 속을 헤엄치며 어묵을 베어 문다.

그러나 재래시장 앞을 지날 때, 그것은 전부 부질없는 걱정이었다는 것이 증명되었다. 두 손 가득 비닐봉지를 들고 시장 어귀를 빠져나오고 있던 민정이와 마주쳤기 때문이다. 민정이는 여어, 하며 손을 들어 보인다. 그 애가 배가 고파 쓰러질 것 같다고 했기에 우리는 분식집으로 몰려가 또 떡볶이와 우동을 먹는다. 떡볶이를 몇 개 집어 먹던 연주는, 택배 받아야 할 게 있다며 먼저 집으로 돌아간다. 민정이는 배 속에 굶은 상어 떼를 담아 놓은 듯 정신없이 음식들을 먹어 치운다.

"사실 일이 좀 있었어."

민정이는 젓가락을 내려놓고 보리차로 입을 헹구며 말한다.

"엄마를 찾았거든."

나는 계산을 치르다 말고 민정이를 돌아본다. 무슨 뚱딴지같은 소리람. 민정이네 엄마는 민정이가 걸음마도 떼기 전에 돌아가셨다고 들었다.

"무슨 소리야? 너희 엄마 안 계시잖아."

"응. 내 마음속에는 없어. 근데 뭐, 살아 있는 건 사실이야."

민정이는 묵직한 비닐봉지를 들어 올린다. 가득 찬 비닐봉지 위쪽으로 분홍색 고무 슬리퍼 한 켤레가 비죽이 튀어나와 있다. 내가 어리둥절하는 틈에 민정이는 앞서 분식집을 나간다. 삶은 달걀이 잔뜩 쌓여 있는 소쿠리가 주인아줌마의 팔꿈치에 채여 기우뚱거린다. 달걀 서너 개가 바닥으로 통통 떨어져 내 발치까지 굴러온다. 아줌마는 에구구, 소리를 내며 달걀을 줍더니 대충 물에 헹궈 다시 소쿠리에 쌓아 놓는다.

오빠는 결국 대학교에 등록했다. 아빠와 단합하여 저지른 일이다. 나는 엄마가 앓아누울 줄 알았다. 그러다가 종내 못 이기는 척 오빠의 행동을 인정해 주겠지 싶었다. 그러나 나의 예상은 보기 좋게 빗나갔다.

"직녀야, 이것 좀 먹어 봐라."

엄마가 내 밥그릇에 삼치구이를 발라 놓아 준다. 나와 오빠는 동시에 엄마를 쳐다본다. 엄마는 내 앞쪽으로 반찬 그릇을 밀어 주며, 오빠 쪽은 쳐다보지도 않은 채 입을 연다.

"정석이 너는 밥 먹고 설거지 좀 해라."

오빠는 벌레 씹은 표정으로 수저를 내려놓는다. 나 또한 익숙하지 않은 상황에, 대충 씹어 삼킨 삼치구이가 지우개 조각처럼 목구멍에 걸리는 느낌이다.

부엌 쪽에서 무언가 쨍그랑, 깨지는 소리가 들려온다. 벌써 세 번째다. 오빠는 설거지하는 내내 시위라도 하듯 접시를 연달아 깨뜨린다. 그러나 소파에서 드라마를 보는 엄마는 간간이 웃음을 터뜨리기까지 하며 오빠를 완전히 무시한다. 심지어 조금 전에는 내게 과일을 깎아다 주며, 공부하느라 힘들지 않으냐고 격려하듯 어깨를 두드려 주기까지 했다.

다음 날, 오빠는 신입생 모임에 나갔다. 엄마는 고슴도치에게 톱밥을 갈아 준다고 수족관을 청소한다. 오빠가 집에 없으니까 오랜만에 집 안이 조용해진 느낌이다. 침대 위에서 여유롭게 발톱을 깎던 나는 목이 말라 거실로 나온다. 엄마가 베란다 난간에 기대어 서서 아래쪽을 내려다보고 있다. 오빠 문제로 너무 비관한 나머지 엄마가 혹시? 덜컥 겁이 난 나는 후다닥 베란다로 달려간다.

"엄마, 안 돼!"

그러자 엄마는 유난 떨지 말라는 눈으로 나를 흘끗 쳐다보고는 다시 아래쪽을 기웃거린다.

"고슴도치가 제멋대로 기어 나가더니만, 떨어졌구나."

얼마 뒤, 나는 가시 방지용 장갑을 끼고 아파트 화단을 뒤진다. 고슴도치는 무사하다. 한눈에 보기에도 무척 설레는 듯한 몸동작으로 부지런히 화단 끝을 기어가고 있다. 나는 다가가서 조심스럽게 가시 한 개를 집어, 고슴도치를 들어 올린다.

"찾았니?"

베란다 밖으로 고개를 내밀고 있던 엄마가 묻는다. 나는 볕 때문에 눈을 찡그린 채, 고슴도치를 위쪽으로 들어 보인다.

민정이는 콧노래를 흥얼거리며 문제집 코너를 둘러본다. 언뜻 보면 즐거워 보이는 모습이지만, 가까이 다가가면 왠지 모를 날카로운 공기가 맴돈다. 얇은 문제집 한 권을 꺼내 든 민정이는, "이런 쉬운 문제는 갓난애도 풀겠다!" 하며 높은 톤으로 깔깔 웃어 댄다. 그리고 옆에 선 남자애가 슬쩍 쳐다보자 "뭘 봐?" 하고 눈을 부라린다. 새로 생긴 서점에 가자고 해서 버스를 타고 20분 넘게 왔더니만, 우리 동네에 있는 서점에 비해 규모가 그다지 크지도 않다.

"야, 날도 추운데 우리 뜨거운 물에 몸 좀 담그자."

아무것도 사지 않고 서점을 나온 민정이가 내 엉덩이를 툭 치며 말한다. 어쩐지 심기가 불편해 보여서 오늘은 그냥 돌아가고 싶었으나, 민정이가 씨익 웃어 보였기 때문에 거절할 용기가 나질 않는다. 그 애는 망설임 없이 서점에서 가장 가까운 목욕탕으로 들어간다.

여관과 붙어 있는 목욕탕은 허름하다. 목욕탕 입구에는 먼지 쌓인 조롱박들이 주렁주렁 늘어져 있다. 우리는 카운터에서 간단한 목욕 일회용품을 산다.

목욕탕에 들어선 민정이는 대충 몸을 헹구더니 온탕으로 들어간다. 민정이의 벗은 몸을 보자 절망감이 엄습한다. 겉으로 보기에는 매우 빈약해 보였는데, 막상 벗고 보니 민정이도 가슴이 꽤 예쁘다. 아무래도 우리 셋 중에서 가슴이 제일 볼품없는 것은 나인 듯하다. 이건 엄마의 무신경으로 인해 어릴 적 영양분을 골고루 섭취하지 못한 탓이 분명하다.

민정이는 코까지 물속에 담그고 눈을 감는다. 민정이의 둥근 이마를 보고 있노라니 문득, 우리가 처음 만났던 날이 떠오른다.

고등학교 입학식 날 아침, 나는 연주와 같은 반이 아니라는 것을 알고 실망했다. 해마를 닮은 우리 담임은 자기 별명이 '용왕님'이라고 했다. 반 분위기를 대충 둘러본 나는 '어지간히 재미없는 애들만 모인 것 같군.' 하며 한숨을 내쉬었다. 당시 반 1등으로 들어왔다는 어느 여자애가 임시 반장을 맡았다. 날이 선 듯한 눈매에 새침한 얇은 입술이 그다지 부드러운 인상은 아니었다. 그 애는 자기소개 시간에 사회를 봤다. 차례가 되어 교탁 앞에 나간 나는, 그때 한창 유행하던 코미디언의 멘트를 따라 했다. 다들 웃어 젖히는데 그 여자애만 유독 냉소적인 표정으로 딴 데를 쳐다보고 있었다. 게다가 내가 들어갈 때는 피식, 조용한 비웃음을 날리기까지 했다.

나는 어떻게 해야 그 여자애에게 따끔한 맛을 보여줄 수 있을까 하는 고민에 잠겼다. 중학교 때만 해도 '너 끝나고 나 좀 보자.'라는 말이면 모든 것이 통했는데, 여자애는 그런 공갈에 쉽게 넘어갈 아이가 아닌 듯했다. 그 애는 나더러 들으라는 듯, 자기는 고등학생씩이나 되어서 노는 척하고 설레발을 치고 다니는 아이들을 보면 한심하기 짝이 없다고 떠들어 댔다. 그런 애들은 아예 반을 따로 만들어서 인성 교육부터 시켜야 하는 거 아니냐고 고개를 설레설레 저어 보이기도 했다.

무슨 악연의 조화인지, 그 여자애와 나는 키가 비슷하다는 이유로 짝이 되었다. 이틀이 지나도록 한마디도 나누지 않았다. 처음으로 시선을 마주친 것도 사흘째 되는 수학 시간이었다. 나는 뭐 재미있는 게 없을까 싶어 주위를 둘러보다가, 여자애의 자리 밑에 두 겹으로 접힌 채 떨어져 있는 만 원짜리 지폐를 발견했다. 여자애도 거의 동시에 그것을 발견한 듯했다. 나는 지폐를 보고 있었다는 사실을 들키고는 주춤했다. 여자애의 표정에 비스듬한 미소가 스쳐 지나갔다.

"내 자리 밑에 있었으니까, 내 거야."

여자애는 낮게 중얼거리며 잽싸게 만 원짜리를 주웠다.

"아악, 이게 뭐야."

이어 지폐를 펼친 여자애가 손을 흔들어 대며 비명을 내질렀다. 지폐에는 누군가 잔뜩 풀어 놓은 누런 코가 엉겨 붙어 있었다. 여자애는 코가 묻은 손을 치켜들고 사색이 되었다. 나는 터져 나오려는 웃음을 간신히 참았다.

"그거, 노래방 전단지인 가짜 돈이야. 휴지가 없어서 대신 코 풀고 버린 건데."

그때, 뒷자리에 앉아 있던 아이가 입을 열었다. 내가 뒤를 돌아본 순간, 그 뒷자리 아이는 아주 짧고 멋진 미소를 지으며 눈을 찡긋했다. 그 아이가 바로 민정이였다.

민정이는 몸에서 물을 차르륵 떨어뜨리며 일어나 때밀이 판에 가서 눕는다. 검은 레이스 속옷 차림의 때밀이 여자는 자기 체구의 두 배쯤 되어 보이는 노파의 몸을 밀고 있다. 민정이는 자기 차례를 기다리며 가지런히 누워 있다. 기분이 좋지 않을 때는 머리 스타일을 바꾸거나 마사지를 받는 게 좋다고 하던데, 민정이는 돈을 주고 때를 밀며 스트레스를 풀 생각인가 보다.

이어 때밀이 여자가 민정이에게 다가간다. 민정이는 눈을 감고 때밀이의 능숙한 손에 몸을 맡긴다. 나는 새것이라서 거친 때밀이 수건으로 허벅지를 벅벅 문지르며 민정이를 바라본다. 키가 작고 마른 때밀이 여자는 얼굴의 주름 때문인지 매우 지쳐 보인다. 손놀림을 보니 어쩐지 건성건성 때를 밀고 있는 듯하다. 나만 그렇게 느낀 게 아니었던 모양인지, 때를 다 밀고 난 민정이가 여자와 뭐라고 다투는 눈치다.

"아니, 젊은 학생이 왜 이렇게 막 나가?"

때밀이 여자가 낯빛을 붉히며 화를 낸다. 여자의 뾰족한 목소리가 목욕탕 벽에 부딪쳐 카랑카랑하게 울린다. 때를 밀거나 비누칠을 하고 있던 사람들이 민정이 쪽을 흘끗거린다. 머리칼에 샴푸 거품을 내고 있던 나는, 비누 거품이 들어가 매운 눈을 깜박이며 얼른 샤워기를 튼다. 민정이도 지지 않고 무어라고 말대꾸를 하는 것 같다.

"뭐야? 이게 진짜."

여자가 때밀이 수건을 집어 던진다. 바락바락 악을 쓰는 소리가 샤워기 물소리에 묻혀 토막토막 들려오더니, "아이구 어째!" 하는 사람들의 목소리가 달려온다. 때밀이 여자에게 밀린 민정이가 비누를 밟고 바닥에 나동그라진 것이다. 나는 샤워기를 집어 던지고 달려간다. 허리를 부여잡고 일어난 민정이는 나를 털어 내고 여자에게 덤벼든다.

여자들의 싸움 중 가장 꼴불견인 것 1위가 지하철에서의 자리다툼, 2위가 목욕탕에서의 싸움이라고 했던가. 그런데 3위는 뭐였더라 하는 틈에 민정이가 여자에게 바가지를 집어 던진다. 여자는 민정이의 머리채를 잡고 탈의실로 나간다. 나는 민정이를 돕기 위해 따라갔지만, 미끄러운 바닥 위에서 때밀이 여자의 속도를 따라잡을 수는 없었다.

"아니 이 계집애가 때를 밀어 놓고 돈을 안 낸다잖아."

때밀이 여자가 민정이에게 삿대질을 하며 말한다. 민정이는 머리카락 끝에서 물을 뚝뚝 흘리며 여자를 노려본다. 싸구려 눈썹 문신을 한 여자의 눈썹은 파르스름하다.

"그따위로 밀어 놓고 2만 원을 내라고? 어림없지."

민정이는 단호하게 잡아뗀다. 목욕탕 주인 여자는 의외로 무덤덤하게 둘을 쳐다본다. 그러고는 알아서 해결하라는 듯한 표정으로 탈의실 바닥을 청소한다.

"그냥 주고 말아, 민정아. 내가 반은 대 줄게."

때밀이 여자도 만만치 않은 상대인 것 같아서, 나는 민정이를 말린다.

"성의 없이 밀었단 말이야. 봐 봐, 너도 보이지? 또 나오잖아."

민정이는 젖어 있는 팔뚝을 손으로 박박 문지르며 내보인다. 내 눈에는 때가 보이지 않는다. 그러나 민정이는 옆에 있는 사람들에게도 팔뚝을 내밀어 보이며 분명 때가 밀린다고 소리친다.

결국 때밀이 여자는 민정이를 눕혀 놓고 다시 때를 밀기 시작한다. 목욕을 끝마치고 나왔을 때, 때밀이 수건으로 억세게 문질러 댄 민정이의 몸은 데인 것처럼 벌겋게 부어올라 있었다.

민정이는 입에 비빔밥을 욱여넣는다. 고추장을 잔뜩 퍼 넣은 비빔밥을, 맵단 소리 한번 안 하고 부지런히 먹는다.

"물 좀 마셔 가면서 먹어."

민정이의 식성에 지레 움츠러들어 몇 차례 수저질을 하다가 그만둔 나는, 물컵을 밀어 준다. 그 애는 물을 한 번에 비우더니 콧잔등에 맺힌 땀을 훔친다.

"아까는 왜 그렇게 고집을 부렸냐? 아줌마도 아니고, 쪽팔리게."

장난스럽게 민정이의 팔을 툭 건드린다. 민정이는 그릇 옆에 붙어 있는 밥풀들을 손으로 떼어 먹는다.

"그 때밀이 여자, 내 엄마야."

나는 얼빠진 표정으로 "으응?" 하고 되묻는다.

"낳아 준 사람을 무조건 엄마라고 지칭해야 한다면, 엄마 맞아."

그 애가 수저를 내려놓으며 말한다. 목욕탕 안에 오래 머문 얼굴이 보얗다.

"미안해, 너까지 끌고 가서. 나 혼자서는 가 볼 엄두가 안 나더라."

민정이는 어느새 감정의 흐트러짐이 없는 평상시의 표정으로 돌아와 있다.

"일주일 전쯤인가. 아빠가 친구랑 얘기하는 걸 엿들었거든. 둘이 술 한 잔씩 하시더니 민정이 엄마가 어떻고 하는 얘기를 하시더라고. 그 얘기 듣고 나 혼자 슬쩍 와서 얼굴만 보고 갔었어. 아빠가 갖고 있던 젊을 때 사진이랑 별 차이 없더라. 할머니가 엄마 사진은 보이는 족족 없애 버렸는데, 아빠가 몰래 몇 장 챙겨 놨던 걸 봤거든."

그런 아빠가 귀엽다는 듯, 민정이는 지나치게 어른스러운 미소를 짓는다.

"아빠는 가수로 일하다가 엄마를 만났대. 아빠 말로는, 2년 정도 끝내주게 아름다운 사랑을 했는데 엄마가 나를 낳고 바로 사라졌대. 엄연히 따지면 결혼을 안 했으니까 부부라고 할 수도 없는 사이였지. 아빠는 항상, 엄마는 모험심이 많아서 분명 지금쯤 외국의 오지를 여행하고 있을 거라고 했어. 그래서 나는 엄마 모습을 상상할 때면 항상 탐험가 복장을 하고 정글을 헤쳐 나가고 있는 예쁘고 건강한 여자를 떠올렸어."

민정이는 휴지를 한 장 뽑아 자기가 쓴 수저와 젓가락을 깨끗이 닦는다.

"아빠한테 빨리 좋은 사람이 생겼으면 좋겠어. 나는 너희들도 있고, 앞으로 더 많은 사람들을 만나게 될 테지만 우리 아빠는 더 외로워질지도 모르니까."

우리는 다시 버스를 타고 집으로 향한다. 차창 위로 무언가 날아와 달라붙는 듯하더니, 가느다란 빗줄기가 내리기 시작한다.

버스에서 내릴 무렵에는 먼지처럼 자잘한 비가 흩날리고 있었다. 비는 소리 없이 우리의 어깨를 적셨다. 거의 다 말라 가던 머리칼이 다시 축축해졌다.

건널목 앞에서 막 헤어지려던 차에, 민정이가 생각났다는 듯 내 어깨를 툭 건드렸다.

"근데 그 여자 말이야. 얼굴은 영 다른데, 성격은 나랑 좀 닮은 거 같지 않던?"

고3으로서의 새 학기가 시작되었다. 연주와 나, 민정이는 각각 다른 반으로 떨어졌다. 그래도 3학년쯤 되자 같은 학년대의 아이들 대부분이 낯이 익어, 금방 마음에 맞는 무리를 만들어 냈다.

점심시간이 되자 우리 셋은 학교 연못 앞 벤치에 모인다. 겨우내 물을 빼 놓았던 연못에 누군가 다시 물을 넣고 금붕어를 옮겨다 놓았다. 물레방아가 돌돌 소리를 내며 돌아간다. 연주가 쇼핑백에 숨겨서 들고 온 것을 짠, 하며 꺼낸다. 문어발처럼 생긴 동그란 것이 나타난다. 민정이와 나는 약속이라도 한 듯 가위바위보를 한다. 내가 이겼다. 연주는 딱 하루만 빌려주는 거라며 쇼핑백을 건넨다.

연주는 얼마 전에 거금을 들여 엄마 몰래 가슴 마사지기를 샀다. 요즘 홈쇼핑에서 한창 광고하고 있는 건데, 크림을 바르고 마사지를 해 주면 가슴이 커지고 탄력 있어진다고 한다.

"너, 눈금 표시한 데까지만 써. 이거 크림도 되게 비싸단 말야."

연주는 크림 통을 들어 보이며 신신당부를 한다. 사용 방법을 제대로 지켜서 쓰지 않으면 소용없다고도 이른다.

나는 10원짜리 동전 한 개를 꺼내 연못으로 퐁당 집어 던진다. 분수대나 연못이 있는 곳이면 항상 따라다니는 소문이긴 하지만, 우리 학교 연못 중앙에 있는 움푹 팬 돌 위에 동전을 올리면 소원이 이루어진다는 얘기가 있다.

"가슴이 도라에몽 머리만큼 커지게 해 주세요."

그러자 연주가 질세라 동전을 꺼내 던진다.

"저는 농구공만큼 커지게 해 주세요."

민정이가 뒤이어 동전을 티잉, 튕겨 던진다.

"저는 세상을 다 덮을 만큼이요."

지나가던 수위 아저씨가, 금붕어들에게 해로우니 제발 동전을 던지지 말아 달라고 경고 섞인 부탁을 한다. 우리는 키들거리며 물속에서 반짝이는 동전을 바라본다.

집에 돌아오자 거실에 풀어 놓은 고슴도치가 꿈틀거리고 있다.

엄마는 텔레비전을 보며 빨래를 개키다가, 고슴도치가 조금 멀리 나간다 싶으면 등 긁개를 뻗어 가까운 곳으로 끌어다 놓는다. 나는 가방을 던지듯 내려놓는다.

"엄마, 나 과일 주스!"

"이 튼튼하니까 그냥 씹어 먹어!"

나는 쩝, 입맛을 다시며 옷을 갈아입는다.

대학 생활을 시작한 오빠는 매일같이 술에 취해 노래를 부르며 돌아왔다. 오늘 밤에도 운동화를 벗어 두 손에 들고는 〈자유로워〉라는 노래를 부르며 복도를 뛰어다니다가 경비 아저씨에게 잔소리를 들었다. 그간 야위었던 오빠의 체중은 다시 원래대로 돌아왔다.

민정이네 아빠는 민정이의 성화에 못 이겨 선을 봤다고 한다. 그 애는 상대 여자의 아들이 키도 크고 무척 잘생겼다며, 드라마에서나 나올 법한 로맨스를 꿈꾸고 있다. 민정이는 아직도 자신의 마음속에 사는 엄마는 몽골의 끝없는 초원, 혹은 에베레스트 산의 정상에서 눈부시게 웃고 있는 건강한 여자로 존재하고 있다고 말했다.

나는 가슴 마사지기를 사용한 뒤 이상한 두드러기 같은 것이 돋아서 한동안 피부과에 다녀야 했다.

엄마가 오빠를 방으로 끌어 옮기는 소리를 들으며, 책상 앞에 앉는다. 약간 열어 놓은 창틈으로, 아직 찬기가 가시지 않긴 하였으나 달달한 봄내가 섞인 바람이 불어온다.

아파트 화단의 꽃망울 터지는 소리에 잠이 오지 않는 밤이다,

11
방귀 섬의 전설

미끌, 몸이 기우뚱하더니 장판 위에 이마를 찧는다. 눈앞이 핑 돈다. 뒤통수까지 얼얼하다. 나는 손에 든 걸레를 집어 던진다. 방문 틈으로 고개를 내밀고 있던 꼬마 애들이 까르르르 조개껍데기 부딪치는 소리를 내며 웃는다. 내가 휙 돌아보며 인상을 찡그리자 그중 몇 명은 후다닥 도망가 버린다. 여전히 문에 붙어서 실실 웃고 있는 일곱 살짜리 남자애는 이 보호시설에서 말썽을 가장 많이 부리는 골칫덩어리다. 오늘 오전 우리 반 봉사 팀이 이곳에 도착했을 때, 아이들이 이모라고 부르는 보호시설 담당 교사가 말해준 사실이다.

"형철이가 좀 짓궂어야지요. 장난치면 호되게 야단쳐 주세요."

볼살이 통통하게 오른 형철이라는 꼬마는 점심시간 이후부터 계속 내 뒤만 졸졸 쫓아다니고 있다. 내가 그 애 앞자락에 흘린 반찬 얼룩을 보고 가볍게 놀렸는데, 자기 딴에는 그게 분했던 모양이다. 나이에 비해 유난히 뚱뚱한 체구에 진한 눈썹과 주먹코는, 일곱 살다운 귀여움이라고는 전혀 띠고 있지 않다.

"맞기 싫음 꺼져."

나는 한 대 때려 줄 듯한 시늉을 해 보인다. 그러나 형철이는 바닥에 떨어진 걸레와 내 이마에 난 혹을 번갈아 보며 히죽거린다. 이 악마 같은 꼬마는 아까 내가 설거지를 하고 있는 중에도 뒤에서 몰래 다가와, 내 추리닝 바지를 내리고 도망갔다. 마음 같아서는 들고 있던 수세미로 볼을 박박 문질러 주고 싶었으나 담임이 옆에서 지켜보고 있었기에 참아야 했다. 양 떼가 달려가고 있는 팬티를 들킨 차에 그나마 덜 쪽팔리기 위해서는, 짐짓 어른스러운 표정으로 그 말썽꾸러기 꼬마를 귀여워하는 척할 수밖에 없었다.

우리 학교는 일 년에 두 차례씩 반별로 봉사 활동을 간다. 다른 반들은 대부분 길 안내를 한답시고 지하철역에 삼삼오오 모여서 떠들거나, 쓰레기를 줍겠다고 올림픽공원 같은 데를 찾아가 일광욕을 하고 오는 것으로 시간을 때운다. 그런데 이번에 새로 부임된 우리 반 담임은 장애인 보호시설과 아동 보호시설 중 한 군데를 선택하라고 했다. 젊은 남자 담임을 만났다고 환호하던 아이들의 기대와 달리, 은근히 촌스러운 면이 있다. 봉사지로 아동 보호시설을 택할 경우에는, 한 명씩 짝동생을 맺게 될 거라고 했다. 일단 짝동생이 생기면 한 달간은 의무적으로 지속적인 연락을 해야 한다고 들었다. 개별적으로 찾아와도 좋고 편지를 주고받아도 좋다는 것이다. 나 원 참, 이런 귀찮을 데가.

내 예상과 달리 반 아이들이 대부분 찬성했기 때문에, 아동 보호시설로 오게 되었다. 솔직히 콧물을 질질 흘리거나 음침한 눈빛을 한 어린아이들이 바글바글할 거라고 생각했던 나는, 여기 와서 조금 놀랐다. 아이들은 다들 말끔하고 귀엽게 생겼으며, 여기 화장실이 우리 집 화장실보다 더 깨끗했기 때문이다.

방심한 사이 형철이가 방바닥에 퉤, 침을 뱉는다. 나는 걸레질을 멈추고 그 애를 방 안으로 끌어들인다. 여전히 히죽거리는 형철이를 방 가운데에 떠밀어 놓고, 방문을 잠근다.

"네가 닦아."

그 애는 귀를 막고 입을 뻐끔뻐끔거리며 금붕어 흉내를 낸다. 나는 가뜩이나 불쌍한 어린앤데 그냥 봐주자 싶어져서 침 자국을 걸레로 대충 닦아 낸다. 퉤, 퉤. 형철이는 다시 방바닥에 침을 뱉더니, 이제 어쩔 거냐는 듯 내 반응을 지켜본다. 나는 걸레를 집어 던지고 그 애의 볼을 있는 힘껏 꼬집어 흔든다. 그러자 그 애는 질세라 발을 뻗어 내 배와 무릎을 걷어찬다. 내가 뺨을 후려치자, 두 주먹을 불끈 쥐고는 얼굴이 벌겋게 달아오를 만큼 소리를 질러 대기 시작한다.

"아이고, 나 죽네, 나 죽어."

뒤이어 달려온 보호시설 선생이 형철이를 데리고 나간다. 머리를 양 갈래로 땋고 흰 얼굴에 옅은 주근깨가 돋은 여자애가 잠시 주춤거리다가 다가온다.

"언니, 형철이가 원래 그래요. 신경 쓰지 마세요."

그러자 그 애 옆에 찰싹 달라붙어 있던 또래 여자애도 고개를 끄덕이며 맞장구를 친다.

"맞아요. 맨날 개만 그래요."

나는 귀여운 여자애들의 사과빛 볼에 뽀뽀를 해 주고 싶은 것을 참는다. 손을 잡고 우리 집에 데리고 가서 동생 삼았으면 좋겠다.

"언니 이거 먹어요."

여자애 한 명이 은박지에 포장된 머핀을 내민다. 요리 실습 조를 담당한 우리 반 아이들과 함께 만들었다고 한다. 여자애와 짝동생이 되면 스파게티도 사 주고, 놀이공원도 데리고 가야겠다.

몇 시간 후, 제비뽑기로 정해진 나의 짝동생은 형철이었다. 다른 애들이 연락처를 주고받고 인사를 나누는 동안, 나는 여드름을 짜는 척 벽 거울을 들여다보고 있었다. 돌아가기 위해 현관에 나가니 누군가 내 운동화 끈을 전부 풀어 던져 놓았다.

연주가 사랑에 빠졌다. 상대는 우리 학교 원어민 영어 회화 선생인 마이클이다. 내가 보기에는 내머리독수리를 닮았는데, 연주는 브루스 윌리스와 똑같다고 우긴다. 나는 우리 반 아이들이 떠들 때 그가 남몰래 "젠장, 빌어먹을."이라고 영어로 중얼거리는 것을 들은 적이 있다.

연주는 벌써 이틀째 편지지와 씨름 중이다.

'안녕하세요, 마이클. 나는 당신의 수업을 좋아하는 1반의 박연주입니다. 당신의 수업에는 다른 데에서 느낄 수 없는 생명력이 있습니다. 나는 그것을 좋아합니다. 그리고 당신이 가끔씩 어깨를 으쓱하는 것도 좋아합니다. 왜냐하면 귀엽기 때문입니다. 나는 고3이라 슬픕니다. 그러나 '삶이 그대를 속일지라도 슬퍼하거나 노여워 말라'라는 시도 있습니다. 사실 나는 화를 잘 내는 성격이 아닙니다. 우리 엄마가 나를 배 속에 가졌을 때 만화책을 보며 많이 웃었기 때문입니다. 마이클 당신도 만화책을 좋아합니까? 나는 우리 동네 사거리에 있는 만화가게를 주로 갑니다. 그런데……'

민정이의 도움을 빌려 여기까지 쓴 연주는 만족스러운 표정을 짓는다. 간신히 완성한 편지는 무사히 마이클의 교무실 책상 위에 놓인다. 연주는 마이클이 오기 전에 후다닥 우리를 떠밀어 교무실을 나선다. 사제 간의 사랑은 어쩐지 로맨틱해서 마음에 든다. 그러나 오랑우탄처럼 손등에 털이 수북한 마이클이 사랑스러운 눈빛으로 연주의 머리칼을 쓰다듬는 모습은 좀처럼 상상이 되질 않는다.

"나는 나중에 톱 모델이 되면 파리에 가서 살 거야."

연주는 등에 늘어뜨린 긴 머리칼을 깃발처럼 흔들어 보이며 말한다. 원어민은커녕, 아줌마 파마를 하고 가죽 슬리퍼를 직직 끌고 다니는 우리 학교 영어 선생과 대화할 때도 덜덜 떨며 "헬로, 하와유?"밖에 못하는 연주가 파리에서 살겠다니.

미용실에 들러 앞머리를 자르고 있는데 휴대폰이 울린다. 낯선 번호다. 전화를 받자, 수화기 너머로 앳된 여자 목소리가 들려온다.

"저, 푸른동산 기억하시죠?"

여자는 조금 부끄러워하는 듯한 목소리로 묻는다. 나는 얼마 전에 다녀왔던 아동 보호시설을 떠올린다.

"저기, 다른 짝동생 아이들한테는 전화가 많이 오거든요. 연락을 한 번도 못 받은 아이는 형철이밖에 없어서……. 수험생이라 바쁜 건 알지만, 전화 한 통만 해 주시면 좋을 것 같아서요. 형철이가 짓궂어서 그렇지, 마음은 여리거든요."

나는 떨떠름하게 알겠노라고 대답하고 전화를 끊는다. '우리 애가 공부는 못해도 머리는 좋거든요', '우리 애가 친구를 잘못 사귀어서 그렇지 심성은 곱거든요' 같은 말을 처음 생각해 낸 사람이 특허를 냈더라면, 지금쯤 빌 게이츠보다도 더한 부자가 되었을 거다.

미용사 언니가 두꺼운 스펀지로 콧잔등에 묻은 머리칼을 털어 낸다. 나는 눈을 끔벅거리며 보호시설 여자가 일러 준 번호로 전화를 건다. 말이 어눌한 여자아이가 전화를 받고는, 수화기 밖으로 "형철이 오빠아아아." 하고 소리를 지른다.

"어 그래, 형철이니?"

나는 미용실을 나서며 입을 뗀다. 수화기 너머로 키득거리는 소리가 들린다.

"그런데?"

"짝누나야."

"그런데?"

"잘 지냈니?"

"그런데?"

형철이는 더 이상 못 참겠다는 듯 웃어 젖힌다. 누런 이 사이로 시큼한 냄새를 풍기며 웃고 있을 아이를 떠올리자, 절로 미간이 찡그려진다.

"뭐 하고 지내나 궁금해서 전화했어."

"그런데?"

나는 휴대폰 폴더를 닫아 버린다. 우리 오빠는 자기 동생이 이런 버릇없는 사내아이가 아닌 것에 대해 감사해야 한다.

며칠 뒤 담임이 나를 조용히 불렀다. 볕이 비치는 창가에서 보자, 담임의 눈동자는 연한 갈색을 띤다. 경제라는 골치 아프고 계산적인 담당 과목에 어울리지 않게 사슴처럼 순한 눈빛을 가진 사람이다.

"시설 담당자가 전화를 했더구나. 그 애들이 다음 주에 연극을 한다고 하더라."

나는 별 의미 없이 고개를 끄덕인다.

"그때 보호시설에서 만난 짝동생 말인데, 그 전에 시간 내서 한 번 찾아 줄 수 있니? 혼자 가기 뭣하면 선생님이랑 같이 가도 좋고."

부주의하게 눈앞에 있는 음식을 입에 넣었다가 물큰, 상한 것을 씁은 기분이다. 담임의 부탁은 거절하기가 어렵다. 이럴 줄 알았으면 애초에 바쁜 척하며 선수를 치거나 피했어야 하는 건데. 하루 동안 봉사 활동을 했으면 됐지 나더러 보모까지 되어 달라는 것인가. 내 표정을 살핀 담임이 잠깐 입가를 긁적이고는 말을 덧붙인다.

"형철이랑 싹농생을 맺은 봉사자치고 다시 연락을 해 온 사람이 하나도 없었다더라. 근데 네가 그때 전화한 뒤로 형철이가 계속 전화통 옆에만 붙어 있다는구나."

가지가지 한다. 나는 대답 대신 머리칼을 세게 긁적여 흐트러뜨린다.

민정이가 교무실에 갔다가, 함부로 돌아다니고 있는 연주의 편지를 발견했다. 늙은 남자 영어 선생이 연주의 편지를 읽으며 피식거리고 있었다고 한다. 마이클은 시간강사라서 책상을 다른 강사들과 같이 쓰고 있다는 사실을 잊었다. 봉투에 분명 '마이클에게'라고 써 놨는데, 누가 멋대로 편지를 뜯어본 것일까. 연주는 얼굴이 붉으락푸르락해져서 교무실에 뛰어 내려간다. 민정이와 나도 얼른 그 뒤를 따른다. 씩씩거리며 교무실 문을 열어젖힌 연주는 늙은 영어 선생의 책상으로 가, 한쪽에 펼쳐져 있는 편지지를 낚아채듯 집어 올린다.

"너 이게 무슨 버르장머리야?"

늙은 영어 선생이 목구멍에서 쇳소리를 내며 말한다. 연주는 편지지를 공처럼 구겨 들고는, 마이클의 의자를 발로 걷어찬다. 교무실의 이목이 집중되기 시작했기에, 우리는 재빨리 연주를 끌고 복도로 나온다.

"기본적인 예의가 안 돼 있어. 상대방의 프라이버시라는 걸 몰라!"

연주는 들으라는 듯 큰 소리로 바락바락 외친다. 어슬렁어슬렁 학생부실에서 나온 주임 선생이 우리 쪽을 향해 손을 까닥까닥한다. 우리가 마지못해 다가가자, 주임 선생은 들고 있던 긴 막대기로 연주의 머리통을 기분 나쁘게 툭툭 내리친다. 연주는 주임 선생을 마주 노려본다. 주임 선생은 '어쭈?' 하는 듯한 눈으로 연주를 내려다본다. 이윽고 주임 선생은 연주만 학생부실에 남겨 놓고, 나와 민정이는 교실로 돌아가게 한다. 이런 분통 터지는 일은 이제까지 수도 없이 많이 겪어 보았다. 나는 연주에게 그냥 똥 밟았다고 생각하라는 사인을 보내고는 계단을 올라온다.

"형철아, 나와서 인사해야지."

보호시설 교사가 방을 향해 소리친다. 그러나 다른 아이들만 호기심 가득한 표정으로 모여들 뿐, 정작 형철이는 나타나지 않는다. 나는 혹시 애가 수줍어서 방구석에 웅크리고 앉아 있는 것이 아닌가 하는 생각이 든다. 그래서 살그머니 방으로 다가가 안쪽을 들여다본다. 방바닥에 드러누워 있던 형철이가 기다렸다는 듯 나를 향해 주먹감자를 날린다.

"가서 얘기나 몇 마디 나눠 봐."

담임은 참으라는 듯 내 등을 두드리며 말한다. 황금 같은 주말을 쪼개 기왕 여기까지 온 것, 담임에게 밉보일 이유가 없었다. 나는 방문을 닫고 형철이의 옆에 다가앉는다. 그 애는 여전히 드러누운 채로, 축 늘어진 볼살을 긁적이며 나를 올려다본다.

"연극한다며? 무슨 연극이야?"

"똥."

"너는 무슨 역할 맡았어?"

"변기."

그러고는 저 혼자 배를 쥐고 뒹굴며 웃어 댄다. 나는 타인에게 나의 인내심을 시험당하는 것이 얼마만인가 생각한다. 형철이의 뒤룩뒤룩 살찐 배를 보자 나는 문득, 기묘하게 뒤틀린 채 솟아오르는 악의를 느낀다.

"넌 여기 시설에 어떻게 들어왔어?"

나는 문밖으로 소리가 들리지 않을 만큼, 적당히 낮은 목소리로 묻는다. 형철이는 소시지처럼 통통한 손가락을 제 콧구멍 속에 밀어 넣고 빙빙 돌린다.

"너희 엄마가 너더러 여기서 살래?"

아이가 갑자기 얼굴을 일그러뜨리며 울어 대기 시작하면, 분명 선생들이 뛰어올 것이다. 그러면 나는 잔인하기 그지없는 여고생이 되겠지. 그러나 나는 내심, 형철이가 요란하게 울음을 터뜨리는 모습을 보고 싶다고 생각한다. 보는 내가 불쌍해서 견딜 수 없을 만큼 발악을 하며 울어 댔으면 좋겠다.

"나는 방귀 섬에서 왔어."

형철이는 콧구멍에 손가락을 쑤셔 넣고 있는 탓에 코맹맹이 소리를 내며 말한다. 나는 얼빠진 표정으로 아이를 내려다본다. 그 애는 낑낑거리며 몸을 일으켜 앉더니, 양말을 벗어 던진다.

"방귀 섬에는 애들이 엄청 많아. 갓난애도 있고 엄청 큰 형도 있어. 방귀 섬은 심심하면 뿡 소리를 내면서 방귀를 뀌어."

엉덩이 한쪽을 들어 방귀 뀌는 흉내를 내보이며, 형철이가 말한다.

"뿡, 하고 방귀를 뀔 때마다 섬 끝에 있던 애들이 하나씩 부웅 날아가. 나는 그날 아침에 섬 끝에서 두꺼비 집을 만들고 있었어. 근데 갑자기 방귀 섬이 방귀를 뀌었지. 그래서 붕, 하고 여기로 날아왔어."

그 애는 날갯짓을 하듯 두 손을 파닥여 보인다. 나는 잠자코 있다가 말한다.

"그럼 다시 거기로 돌아가면 되잖아."

"한번 나오면 못 들어간대."

"누가 그래?"

내가 묻자 형철이는 발가락을 들어 올려 킁킁 냄새를 맡는다.

"수미 누나가. 그 누나도 방귀 섬에 살았었대."

보호시설의 담당 교사는 우리를 상담실로 안내한다. 담임과 나는 녹차 티백이 담긴 종이컵을 건네받는다. 담당 교사가 선반에 있던 서류철을 들척이는 것을 보고, 나는 혹시 후원금을 내라고 하는 게 아닐까 하며 눈을 가늘게 뜬다. 그러나 이내 그녀가 내민 것은 한 장의 사진이다. 작년 연극제 때 찍었던 단체 사진이라고 한다. 형철이를 찾아본다. 사자 가면을 머리 위로 올려 쓴 그 애는 손가락을 펼며 밍한 표정을 짓고 있다. 옆쪽으로 비썩 마른 난발 머리 여자애가 형철이를 끌어안는 듯하며 어깨동무를 하고 있다.

"여기 안에서도 애들이 많이 갈라져서 놀아요. 부모가 가정 형편 때문에 아이를 맡기는 경우, 그러니까 곧 다시 데리러 오겠다고 약속을 하고 두고 간 아이들은 대부분 큰소리도 쳐 가면서 활발하게 지내는 편이고요. 물론 돌아오지 않는 경우가 허다하지만……. 미아가 되어서 들어오는 아이들도 무난하게 섞여서 적응을 잘하는 편이에요. 형철이는 여기 들어온 지 3년이 다 되어 가요. 조금 드문 케이스로 들어왔지요. 아동 학대로, 경찰 측에서 강제로 격리를 시켰어요. 알코올중독자와 정신박약인 부모 사이에 태어나서 고생을 많이 했더라고요."

나는 미지근하게 식은 녹차를 마신다.

"그 사진 옆에 있는 애는 수미라고, 작년에 해외 입양되어 간 아이예요. 야무지게 생겼죠? 그 애도 알코올중독자 홀아버지 밑에서 자랐는데, 아버지가 객사하는 바람에 들어왔어요."

저녁을 먹고 가자는 담임 때문에 또 한 번 아이들의 배식을 도와야 했다. 반찬은 아욱국과 탕수육, 미역줄거리무침이다. 배식을 마치고 뒤늦게 밥을 먹고 있는데, 누군가 앞에 다가와 어슬렁거린다. 형철이다. 또 무슨 장난을 치려나 싶어 지켜본다. 그러나 이내 그 애가 나로 하여금 제 앞자락에 흘린 누런 반찬 얼룩을 보도록 애쓰고 있다는 사실을 깨닫는다. 나는 형철이와의 첫 만남이, 내가 그 애 앞자락에 묻은 반찬 얼룩을 놀리면서 시작되었다는 것을 기억해 낸다. 형철이는 지금 내가 먼저 저에게 장난을 걸어오기를 기다리고 있는 것이다.

나는 탕수육을 베어 물다가 씨익 웃는다. 이제껏 살아오면서 내게 장난을 기대하는 상대를 실망시킨 적은 한 번도 없다. 늘 기대 이상의 것을 안겨 주었다면 모를까.

"여기 좀 보래요. 형철이는 입으로 똥 싼대요. 앞에 똥 흘린 것 좀 보래요."

나는 밥을 먹고 있는 아이들에게 소리를 친다. 아이들은 비명을 지르며, 지저분하다고 코 막는 시늉을 한다. 형철이는 "똥 아니야!" 하고 외쳤지만 아이들의 목소리에 묻혀 버리고 만다. 웃어 대는 아이들을 번갈아 한 대씩 때리던 그 애는, 그래도 분위기가 가라앉지 않자 식당 가운데에 선 채로 발을 구르며 울기 시작한다.

연주네 엄마가 학교에 왔다. 주임 선생이 연주가 교사에게 대들었다는 이유로 부모님을 호출한 것이다. 연주는 가뜩이나 직장에 다니느라 바쁜 엄마를 별일도 아닌 일로 불렀다며 화를 내면서도 불안한 낯빛을 감추지 못한다. 우리 엄마를 비롯하여 거의 모든 엄마들이 학생 주임 앞에서는 죄인이 되어 버리기 때문이다. 우리는 학생부실 앞 복도를 서성거리며 연주네 엄마를 기다린다.

잠시 후 학생부실 문이 드르륵 열리더니 반듯한 정장 차림의 연주네 엄마가 나온다. 우리는 일제히 숨을 죽인다. 그러나 그 애 엄마는 연주의 귀를 잡아당겨 끌고 가지도 않고, 찌푸린 표정으로 앞서 학교를 빠져 나가지도 않는다. 연주의 어깨에 팔을 두르고 싱긋 웃어 보이더니, 유유히 복도를 걸어 나간다.

"그 원어민 선생님이 누구니? 정말 브루스 윌리스를 닮았으면, 엄마가 먼저다."

연주네 엄마는 교무실의 창문을 기웃거리며 말한다. 민정이와 나는, 파스텔 톤의 가방을 멘 연주와 진한 원색의 핸드백을 든 연주네 엄마가 운동장을 가로질러 교문을 빠져나가는 것을 바라본다. 둘의 등 뒤로 드리운 긴 그림자가 에펠탑보다도 길고 세련되어 보인다. 문득, 언젠가 연주는 정말 파리에 가서 톱 모델이 될 수도 있겠다 하는 생각이 들었다.

오빠가 고지서 뭉치 속에서 자기 휴대폰 요금 고지서를 빼 들다가 고개를 갸웃한다.

"야, 너 요즘 남자 사귀냐?"

오빠는 대학생이 되고서 한층 더 멍청해졌다. 나는 오빠의 말을 무시한 채 소파에 드러눕는다. 오빠는 들고 있던 뭉치 사이에서 봉투 한 개를 꺼내 휙 던진다. 흰색 편지 봉투 위에 '최형철'이라는 이름이 삐뚤삐뚤하게 적혀 있다. 전화기 놔두고 촌스럽게 웬 편지람. 나는 중얼거리면서도, 아직 뜯지 않은 편지 봉투를 이리저리 돌려 보고 형광등 불빛에 비춰 보며 봉투 안의 도톰한 촉감을 즐긴다. 편지 봉투 안에는 두꺼운 도화지가 반으로 접혀 있다. 종이를 펼치자, '푸른동산 연극제에 초대합니다'라는 문구가 당최 알아볼 수 없는 그림과 함께 큼직하게 적혀 있다.

"너랑 수준이 딱이다."

오빠가 킬킬거리며 놀린다. 나는 오빠에게 한마디 쏘아 주려다가 그만둔다.

"오빠, 시인 될 거라며?"

내가 묻자 오빠가 머리를 긁적인다.

"응, 될 건데."

"방귀 섬이 어딘 줄 아니?"

오빠는 웬 난데없는 소리냐며 우스꽝스러운 표정을 지어 보이다가 불쑥 대꾸한다.

"너 코미디 하냐?"

나는 그럴 줄 알았다는 듯 코웃음을 친다.

"오빠는 한참 멀었어. 그건, 어른들을 버리고 떠난 아이들의 섬이야."

나는 연주와 민정이를 데리고 연극제를 보러 갔다. 연극은 모두 세 편이었는데, 형철이는 〈백설공주〉에서 다섯 번째 난쟁이 역할을 맡았다. 그 애는 다른 난쟁이 아이들의 수염을 잡아 뜯고는 브이를 그리며 무대를 뛰어다니다가 교사에게 잡혀 끌려 내려왔다. 교사는 형철이가 여전히 말썽을 피운다고 한숨을 쉬었지만, 다른 아이들은 형철이가 또 어떤 장난으로 자기들을 즐겁게 해 줄까 하는 기대 섞인 표정으로 연극을 보는 듯했다. 나는 형철이에게 앞으로 '사부'라는 호칭을 사용할 수 있도록 허락해 주었다.

연주는 마이클에게 싫증이 났단다. 머리숱이 적은 마이클보다는 1학년 회화 담당인 잭이 더 멋지다고 했다. 그 애는 다시 편지지를 붙들고 씨름을 하기 시작했다.

오빠는 주말에 편지 한 장을 남겨 두고 사라졌다. 편지에는 '방귀 섬을 찾아 떠납니다.'라고 적혀 있었다. 엄마는 대학을 보내 놓으니까 별짓을 다 하고 다닌다며 가슴을 쳤다.

경제 과목의 숙제를 하는 중이다. 담임은 우리 반 전원이 경제 숙제를 해 오면 피자를 쏘겠다고 했다. 꽤 괜찮은 사람이다.

내가 살고 있는 섬의 이름은 무엇일까,

12
열아홉 살의 생일엔

오늘 아침, 우리 집 두리는 고슴도치로서의 짧은 생을 마감할 뻔했다. 아빠가 나간 후 엄마가 두리를 화장실 변기에 넣어 버리려고 했기 때문이다.

새벽녘, 그것도 열아홉 살 생일의 기념적인 아침을 맞이해야 하는 날 엄마 아빠가 다투는 소리에 눈을 뜨는 것은 썩 유쾌한 일이 아니었다. 한창 단꿈에 젖어 있는데, 나는 조심스럽게 일어나 거실로 나갔다. 아빠는 안방 문을 거칠게 열어젖혔다. 그러고 얼굴이 시뻘겋게 달아오른 채 집을 나갔다.

화가 안 풀린 듯한 엄마에 의해 하수도관으로 빨려 들어갈 뻔했던 두리는, 오빠의 도움으로 살았다. 오빠가 누군가의 생명의 은인이 될 때도 있다니 별일이었다. 녀석은 베란다로 옮겨진 뒤 한

동안 돌멩이처럼 굳어 꿈쩍도 하지 않았다.

　나는 엄마의 심기를 건드리지 않기 위해 매우 짠 미역국을 단번에 먹어 치웠다. 그리고 조심스럽게 생일 파티에 관한 이야기를 꺼냈다. 전과 달리 엄마는 만 원짜리 몇 장을 서슴없이 꺼내 내밀었다. 상황이야 어떻게 되었든, 나는 패밀리 레스토랑에서 생일 파티를 할 수 있게 되었다. 늘 베토벤 같다고 생각했던 엄마의 부스스한 파마 머리칼이 조금 사랑스러워졌다.

　"야, 들어와 봐."

　방에 있던 오빠가 나를 불렀다. 웬일인가 싶어 들어가자, 쥐똥만 한 무언가를 툭 던졌다. 치즈를 물고 있는 생쥐 모양의 휴대폰 고리였다.

　"생일 선물이다. 나 같은 오빠가 또 어딨냐?"

　지질하게 노는 근성은 여전하다. 마음 같아서는, '됐으니까 네 귀에나 달고 다녀라.' 하고 다시 던져 주고 싶었으나, 일단 성의를 봐서 고맙다고 했다. 나는 연주와 민정이, 그리고 후배 몇 명에게 연락을 한 뒤 경쾌한 마음으로 집을 나섰다.

　나는 지금 빨대를 세 개째 접고 있다. 좀 전에는 빨대 두 개로 뫼비우스의 띠를 만들었다. 이대로 한 시간만 더 흐르면 나는 아마 '빨대 다섯 개를 가지고 혼자 노는 법'이라는 책을 쓸 수도 있을 것이다. 녹색 유니폼을 입은 종업원은 테이블 앞을 지날 때마다 빙긋 웃는다. 어쩌다가 눈이라도 길게 마주칠 때면 재빨리 다가와, 더 필요한 게 없느냐고 묻는다. 그 말은 즉, '콜라 한 잔 시켜 놓고 계속 시간을 때울 작정이세요?'라고 묻는 것과 다름없다.

방금 전 민정이에게서 오늘 급하게 학원 보충이 잡혀서 못 나온다는 연락을 받았다. 시끄럽게 전화를 걸어온 후배들은 방학을 맞아 저희들끼리 계곡에 가기로 했단다. 연주는 조금 늦을 것 같으니 기다리라고 했다.

삐빅, 휴대폰이 울린다. 나는 얼른 폴더를 열어 본다.

'미안, 나 생리통이 너무 심해서 못 나가겠다. 내일은 시간 어때?'

연주마저 나를 버리다니, 이럴 순 없는 거다. 허기진 배를 부여잡고 더 부를 사람이 없나 전화 목록을 훑어보는데, 종업원이 다가온다.

"손님, 더 필요한 거는 없으십니까?"

나는 마치 영화관에서 남의 자리에 앉아 있다가 쫓겨난 도둑 손님처럼 머리를 긁적이며 레스토랑을 나선다.

배가 고픈 대로 근처 분식집에 들어가, 라면 한 그릇을 시킨다. 한 손에는 젓가락을 쥐고, 다른 한 손으로는 휴대폰을 만지작거리며 김치 라면을 먹는다. 혹시나 싶어 아빠에게 문자를 보낸다.

'아빠, 오늘 무슨 날이게?'

문자를 보내 놓고 나자 어쩐지 멋쩍다. 아빠에게서 곧장 전화가 걸려 온다. 아빠는 30분 있으면 점심시간이니, 사무실 앞으로 오란다. 나는 거만한 표정으로 젓가락을 내려놓고는, 퉁퉁 불은 채 남은 라면을 한번 흘겨봐 준다. 그러면 그렇지. 아빠가 내 생일을 그냥 넘길 리가 없다. 매해 가장 근사하고 값비싼 선물을 사 줬던 사람이 바로 아빠 아니던가. 둘이 오붓하게 스파게티라도 먹으며 아침에 엄마와 나눈 일에 대해서도 슬그머니 물어봐야겠다.

그러나 회사 로비에서 나를 기다리고 있는 것은 아빠가 아닌 미스 정 언니였다. 미스 정 언니는, 아빠가 윗사람과 급한 점심 약속을 갖게 되는 바람에 자기가 대신 나왔다고 한다. 언니는 근처 멀티숍에 들어가서 신상품 가방을 사 주었다. 얼마 전부터 쇼윈도 너머로 지켜보았는데 아무래도 내게 가장 잘 어울릴 것 같아서 선물해 주려고 했단다. 나는 누군가 색색가지의 사인펜으로 낙서를 휘갈겨 놓은 듯한 무늬의 새 가방을 메고 땡볕 아래를 걷는다. 미스 정 언니는, 이번에 새로 이사를 하며 룸메이트를 바꾸게 되었다는 이야기를 늘어놓는다. 나는 듣는 둥 마는 둥 미적미적 걷는다.

"오늘 폭염주의보 내렸다며? 이런 날 계속 돌아다니다가는 정말 쓰러지기 딱 좋겠다."

옆에 지나가던 사람들이 말한다. 어쩐지 아까부터 영 힘이 없고 머리가 어질어질하다 싶더라. 이러다가 쓰러져서 신문에 나게 되는 것은 아닐까. '생일날 같이 놀아 줄 사람을 찾다가 병원에 실려 간 여고생 모양'.

미스 정 언니의 지루한 수다가 너무 길어졌기에, 나는 가짜 과외 교사 봉구 씨에게 문자를 보낸다. 봉구 씨는 울릉도에 내려가서 고기잡이 아르바이트를 하는 중이라고 한다. 친구네 고향에서 한 달만 일하면 2백만 원을 준다는 말에 솔깃해서 따라 내려갔더니, 매일같이 온몸이 오징어처럼 흐물흐물해질 때까지 일을 시킨다고 한다. 게다가 어제는 낚시가 잘되던 통에 신이 나서 혼자 콧노래를 부르다가 갑판 위에서 떠밀려 바다에 빠질 뻔했단다. 그는 도리어 내게 '구출해 줘, SOS!'라는 문자를 보내온다.

내가 기억하는 가장 황홀했던 생일 파티는 여덟 살 때였다. 엄마는 3단으로 쌓은 갖가지 종류의 김밥을 만들어 주었고, 아빠는 나보다 더 큰 플라스틱 여자 인형을 사 왔다. 나 몰래 내 선물을 먼저 뜯어 옷을 벗겨 보다가 내 친구들에게 들킨 오빠는 지레 부끄러워하며 울었다. 오빠는 생일 선물을 사 주지 못한 대신, 자기 머리에 꿀밤을 한 대 먹여도 좋다고 했다. 나는 있는 힘껏 오빠의 이마에 꿀밤을 먹였다. 통쾌한 생일 선물이었다.

뿐만 아니라 같은 동네에 사는 남자애 두 명으로부터 좋아한다는 고백을 들었다. 나는 둘 중 닭싸움을 해서 이기는 사람과 친하게 지내겠다고 말했다. 둘 중 한 명이 바닥에 코를 찧어 코피를 흘렸다. 나는 어쩐지 피가 나는 쪽이 더 멋져 보여, 그 아이와 친하게 지내기로 했다.

아이들이 가고 나자 동네 아줌마들이 찾아와서 선물을 주었다. 아줌마들이 자리를 뜬 뒤에는 친척들이 몰려왔다. 나는 밤늦게까지 친척들이 거실에 모여 이야기하는 소리를 들으며 잠들었다. 찐빵처럼 푹신푹신하게 의식을 감싸는 졸음 속에서, 1년 365일, 매일 나의 생일이라면 얼마나 좋을까 하는 생각을 했던 것 같다.

그때만 해도 나는 11년 뒤, 10대의 마지막 생일날 대낮에 혼자 외롭게 집으로 돌아가게 되리라고는 상상도 하지 못했던 것이다.

미스 정 언니와 헤어져 동네에 돌아온 나는 할 일 없이 아파트 주변을 빙빙 돌아다닌다. 빵집 앞을 지나는데, 뒤에서 아이들 무리가 수군거리는 소리가 들려온다.

"야, 가방이 저게 뭐냐? 개도 안 메고 다니겠다."

누군가 우습다는 듯 입을 떼자, 다른 아이가 맞장구치듯 말한다.

"도대체 저런 가방은 어디서 파는 거야?"

어쩐지 낯익은 목소리다 싶어 뒤를 돌아본다.

"어라? 사부잖아?"

댄스 교실의 초등학생이다. 내가 생일 선물로 받은 가방이라고 변명하듯 이야기하자, 재미있는 건수를 발견한 것 같은 표정으로 초등학생이 눈을 크게 뜬다.

"오늘이 사부 생일이에요?"

초등학생은 심각하게 무언가 생각하는 표정을 짓더니 지금 바쁘냐고 묻는다. 나는 맥없이 어깨를 으쓱해 보인다. 그러자 그 애는 자기 뒤편에 서 있던 또래 아이들에게 손을 휘휘 젓는다.

"니들끼리 가서 놀아. 난 오늘 좀 바쁠 거 같다."

우물쭈물거리던 아이들은 초등학생의 눈치를 보더니 돌아서서 물러간다. 초등학생은 내 휴대폰을 유심히 쳐다본다.

"어? 사부도 그 휴대폰 고리 있네."

"생일 선물로 받았어."

"그거 저 앞에 새로 생긴 마트에서 공짜로 나눠 주던데."

초등학생은 당당한 걸음걸이로 앞장선다. 버스를 두 번이나 갈아탄 뒤에 도착한 곳은 명동 한복판에 있는 백화점이다. 나는 지하 식품 코너에 들러 아이에게 음료수를 사 먹인다. 초등학생은 그동안 모아 둔 돈이 조금 있다며, 내게 자그마한 선물을 하고 싶다고 한다. 나는 초등학생의 가무잡잡하고 귀여운 볼을 살짝 꼬집어 준다. 이럴 때 보면 오래된 친구고 뭐고 다 필요 없다. 사람을 사귈 땐 역시 인간성을 먼저 봐야 하는 거다.

우리는 옷을 파는 매장으로 올라간다. 나는 세일 품목 중에서 값싼 티셔츠나 하나 골라 볼까 싶어 매장 앞을 기웃거린다. 초등학생은 손님이 많은 매장 안으로 불쑥 들어가더니 내게 어서 따라 들어오라고 손짓한다. 나는 옷이 걸려 있는 행거 옆쪽으로, 가지런히 접혀 있는 색색가지의 셔츠를 들춰 본다. 이번 여름은 자주 컬러가 유행이라고 하더니, 분홍 계열부터 보라 계열까지의 색상이 다양하게 나왔다. 그중에서도 진보라색 반팔 셔츠가 유난히 눈에 들어온다.

"사부, 그게 마음에 들어요?"

초등학생이 묻는다. 나는 괜히 아이에게 부담만 주게 되는 게 아닌가 싶어, 대답 대신 가격표를 보려고 손을 가져간다. 초등학생은 덩달아 구경을 하는 척 옷을 들척이더니, 순식간에 셔츠 한 장을 빼낸다. 그러고는 날렵한 속도로 자기 티셔츠 밑에 숨긴다. 무표정한 얼굴과 신의 성시에 나나른 빠른 손이 서로 전혀 어울리지 않아서, 꼭 팔 동작만 빠르게 조작되어 있는 자동인형 같다. 그 애는 아무 일도 없었다는 듯, 태연한 얼굴로 옆에 걸려 있는 옷들을 들척거린다. 나는 매장 직원을 돌아본다. 다른 손님의 사이즈를 찾아 주느라 이쪽에 눈을 두지 못한 모양이다.

"야!"

내가 당황하여 옷깃을 잡자 초등학생은 매우 괴롭다는 듯 얼굴을 찡그려 보인다.

"갑자기 왜 이렇게 배가 아프지? 사부, 화장실 가요."

복통을 견딜 수 없다는 표정으로, 배를 부여잡은 채 화장실에 들어온 초등학생은 셔츠를 꺼내 내게 건넨다. 나는 엉거주춤하게 서서, 가격표가 대롱대롱 매달려 있는 셔츠를 내려다본다. 생각보다 훨씬 고가의 물건이다.

"생일 축하해요, 사부!"

초등학생이 나를 툭, 치며 말한다. 그러고는 아직까지 애매한 표정을 짓고 있는 나를 보더니 약간 미간을 찌푸린다.

"에이, 촌스럽게 왜 그래요. 사부 이런 거 처음 해 봐요?"

초등학생은 배가 고프다며 내게 점심을 쏘라고 한다. 이 백화점 푸드 코너에서 파는 해물우동이 기가 막히게 맛있다는 것이다. 초등학생은 시내 각종 백화점과 대형 마트의 내부 구조며, 며칠 단위로 바뀌는 시식 코너의 메뉴까지 꿰뚫고 있다. 그 애는 무더운 여름에는 비싼 돈 주고 바다까지 휴가 갈 것 없이, 백화점이나 은행에 들어가 몸을 식히는 게 제일이라고 한다.

이 사이에 낀 새우 껍질을 손가락으로 긁어내며 해물우동을 먹고 있는 초등학생을 보고 있노라니, 내 이마 위에서 주름살이 몸을 꿈틀거리며 접히고 있는 듯한 느낌이 든다. 남들은 열아홉 살 생일에 친구들과 반지를 맞췄다느니, 나이를 속이고 클럽에 가 봤다느니, 무박 2일의 기차 여행을 떠났다느니 하던데, 내 신세는 이게 뭐람.

"사부는 몇 살까지 살고 싶어요?"

깍두기를 와작와작 씹던 초등학생이 묻는다. 기왕이면 오래 살고 싶다. 물론 너무 오래 살아서 장수 인간으로 신문에 실리는 것까지는 부끄러워 사절이지만 말이다.

"나는 스무 살까지만 살 거예요."

초등학생은 하이틴 영화의 불우한 주인공이라도 되는 양 진지한 표정으로 말한다. 그러나 소가죽 허리띠보다도 질긴 생활력을 가진 초등학생이라면 아마 내가 아는 누구보다도 더 오래 살 것 같다.

"왜?"

"사람은 스무 살이 지나고서부터 늙어 간대요. 스무 살 때 죽으면, 눈 감는 동시에 다른 별로 휘익 순간 이동을 할 수 있을 것 같아요."

나는 잠시, 초등학생이 어린 왕자처럼 여러 행성을 여행하는 모습을 떠올려 본다. 그렇게 되면 우주가 조금 기우뚱거릴 것 같긴 하지만, 나름내로 잘 어울리기도 한다.

"스무 살이 지나고도 계속 살아 있으면요, 그땐 유괴범이나 될까 생각 중이에요."

놀라서 입에 물고 있던 음식을 그대로 뱉어 버릴 뻔했다. 초등학생은 후식으로 받은 껌을 짝짝 씹더니 푸우, 하고 커다란 풍선을 만들어 낸다. 풍선에 큼직한 고춧가루 한 개가 붙어 있다.

"이 세상에 찌질하고 우울하게 살고 있는 애들을 전부 납치해서 모을 거예요. 그리고 인생을 행복하게 사는 법을 가르치는 거죠."

백화점을 나서는데 누군가 뒤에서 어깨를 붙든다. 나는 그 억센 손힘에 끌려 휘청, 뒤로 몸이 기운다. 흘끗 뒤를 돌아본 초등학생의 동공이 맨홀처럼 커진다. 그 애는 있는 힘껏 달음박질하더니 빨간 불이 켜 있는 건널목을 순식간에 건너 사라진다. 넋을 놓고 서 있던 나는 천천히 뒤를 돌아본다. 내 어깨를 붙들고 있는 것은 머리를 짧게 깎은 백화점 직원이다.

직원은 나를 다시 백화점 안으로 끌고 들어오더니, 가방 안을 보자고 한다. 나는 가방 안에 진보라색 셔츠가 담겨 있다는 사실을 깨닫고 온몸이 창백하게 질려 버린다. 열 마리쯤 되는 독사들이 몸을 칭칭 감고 있는 기분이다. 그까짓 진보라색 셔츠 한 장 때문에 수모를 당할 수는 없다.

그러나 내 걱정은 괜한 것이었다. 남자 직원이 내 가방을 거꾸로 들어 탈탈 털었을 때, 가방 안에서 나온 것은 진보라색 셔츠뿐만이 아니었다. 식품 코너에서 집어넣은 듯한 얇은 포장 베이컨과 아까 세일 코너에서 본 듯한 마름모꼴의 징이 박혀 있는 벨트, 아기의 공갈 젖꼭지, 심지어는 애완견 입 냄새 제거용의 개 껌까지 쏟아져 나왔다. 이제야 초등학생이 왜 자꾸 내 뒤쪽에 약간 뒤처져 따라붙곤 했는지 알 것 같다. 맙소사, 이렇게 많은 물건들이 소리 없이 가방에 쌓일 때까지 아무것도 느끼지 못했다니.

환상적인 생일이다. 나는 유치장 구석에 앉아 있다. 정수리가 벗겨진 경찰이 5분 전쯤 엄마와 담임에게 전화를 걸었다. 유치장 한쪽에서는 덩치 큰 아줌마가 배를 드러낸 채 잠들어 있다. 가뜩이나 아침부터 기분이 안 좋아 보이던 엄마는 오늘에야말로 문제아인 나를 집에서 내쫓아 버릴지도 모른다. 마음 같아서는 민정이 말대로 유체 이탈이라도 해서 유치장을 빠져나가고 싶다.

"학생, 나와."

경찰이 철창의 문을 열고 나를 가리킨다. 나는 비척비척 일어나 밖으로 나온다. 엄마는 아침보다 반쯤 더 야윈 것 같은 모습으로 서 있다. 담임은 정신없이 달려온 듯, 머리칼이 땀으로 흥건히 젖어 있다. 엄마와 담임이 경찰에게 훈계를 듣고 머리를 조아리는 동안 나는 지구에 사는 수많은 19세 소녀들에 대해 생각한다. 나와 같은 날, 같은 시각에 태어난 아이들은 몇 명이나 될까. 그 애들은 지금쯤 썩 괜찮은 축하를 받고 있으려나. 동시에 태어났다는 생각을 하니 왠지 모를 동질감이 느껴져서, '다른 애들은 행복한 생일을 맞고 있어야 할 텐데.'라는 주제넘은 걱정까지 하고 있다.

경찰서를 나오니 주변이 어스름하다. 나를 포함한 세 사람은 큰길로 나올 때까지 아무 말도 하지 않는다. 버스 정거장 앞에 다다른 담임은 내 머리를 툭툭 두드린다.

"직녀, 파이팅!"

담임은 나를 향해 싱긋 웃어 보이더니 엄마에게 인사를 하고 먼저 돌아간다. 파이팅이라니, 오늘 내가 들었던 말 중에 가장 유치하고 서글픈 말이다. 이윽고 엄마와 둘이 남게 된 나는 최대한 불행하고 심각한 표정을 지으며 간간히 한숨을 내쉬어 보인다.

"직녀야."

건널목을 건너던 엄마가 입을 연다. 나는 대답 대신 엄마 쪽을 쳐다본다. 엄마는 줄곧 시선을 앞에 둔 채 말을 잇는다.

"공부는 어쩔 수 없다 해도, 네 미래 정도는 생각해 볼 나이는 된 거 아니니?"

나는 누군가 다리를 걸기라도 한 것처럼 발을 헛디딘다. 누군가 건널목에 호랑나비를 잔뜩 풀어 놓은 모양인지, 눈앞이 노래진다.

눈을 뜬다. 오빠가 나를 빤히 쳐다보고 있다. 엄마가 누군가와 대화를 나누고 있다. 손등이 뻐근하다 싶어 둘러보니, 병원이다.

"야, 너 더위 먹었대. 괜찮냐?"

오빠가 신기하다는 표정으로 묻는다. 침대 발치에 아빠의 가방이 놓여 있다. 간호사와 이야기를 나누고 있던 엄마가 침대 가까이로 다가온다. 우리 네 식구는 내 침대를 둘러싸고 모여 선다. 어색한 침묵이 먼지처럼 둥둥 떠다닌다. 손을 주머니에 꽂고 서 있던 아빠가 병실을 나간다. 엄마는 벽시계를 쳐다본다.

잠시 후 다시 돌아온 아빠의 손에는 케이크 상자가 들려 있다. 케이크는 침대 위에 놓는다. 촛불을 붙이고 나자, 식구들은 약속이라도 한 듯 서로의 얼굴을 흘끔거린다. 오빠가 먼저 생일 축하 노래를 시작한다. 아빠와 엄마도 입을 맞춰 노래를 따라 부른다. 박자와 음정이 전혀 맞지 않는 생일 축하 노래다. 나는 어쩐지 속이 간질거리는 느낌이 들어, 킬킬킬 웃는다. 병원의 복도 쪽에서 누군가 무척 고통스럽게 울부짖는 소리가 들려온다. 하늘색 촛농한 방울이 녹아서 케이크 위로 똑, 미끄러져 떨어진다.

생일이 지나기 10분 전에 간신히 케이크 한 조각을 먹은 나는 이내 다시 기절하듯 잠이 들었다.

나는 연주, 민정이와 함께 패밀리 레스토랑에 앉아 있다. 며칠 전에 봤던 종업원은 여전히 상냥한 표정으로 우리의 주문을 착실하게 받아 적는다. 생일보다 사흘이나 늦게 생일 파티를 하게 되었지만, 애들 손에 들려 있는 사랑스러운 선물 꾸러미를 보니 기분이 좋아진다. 연주는 내게 겨드랑이 털 제모기를, 민정이는 『나는 살구가 좋아요』라는 소설책을 선물한다.

"야, 내가 언제 책 읽는 거 봤어?"

나는 민정이가 준 선물을 휘리릭 넘겨 보며 말한다. 민정이는 그럴 줄 알았다는 듯, 어깨를 으쓱해 보인다.

"그 책 주인공이 너랑 닮은 것 같아서. 읽다가 재미없으면 다른 책 빌려줄게."

책 중간중간에는 삽화도 실려 있다. 소설의 주인공이라는 여자애는 얼굴형이 석기시대 토기처럼 뾰족하고, 새까만 머리칼이 엉덩이까지 출렁거린다. 두 뺨과 콧잔등에 주근깨가 잔뜩 돋은 얼굴을 하고는, 무언가 마음에 안 들기라도 한 듯 입술을 툭 내민 채 둥치에 앉아 있다.

연주와 민정이는 생일을 혼자 보내도록 한 것이 미안하다며 닭다리 부위를 내게 양보했다.

집에 돌아와서 침대에 드러누워 책을 읽는다. 나는 책을 다 읽을 때까지 침대에서 세 번이나 떨어질 뻔했다. 미친 듯이 터져 나오는 웃음을 참을 수 없었기 때문이다. 열일곱 살짜리의 여자애는 매해 생일마다 불행한 일만 겪는다. 예전에 사고 친 것을 들켜 엄마에게 야단맞고, 당뇨 판정을 받는가 하면 짝사랑하던 동네 남자가 결혼식을 올리기도 한다.

열일곱 살이 되던 해의 생일, 그 애는 자기 집 마당에 있는 살구나무에서, 아직 설익어 딱딱한 살구들을 잔뜩 딴다. 그러고는 동네를 뛰어 돌아다니며 모든 집의 창문에 살구를 던져 깨뜨리기 시작한다.

"난 나쁜 짓을 했으니까 불행한 일을 당해도 싸! 오늘은 무슨 일이 있어도 그러려니 하겠어."

그리고 살구 소녀는 열일곱 번째 생일에 누군가에게서 처음 생일 선물이라는 것을 받는다.

책을 덮은 뒤, 내가 살구 소녀에게서 느낀 점은 딱 두 가지였다. 첫째, 앞으로 남아 있는 생일은 아직 뜯지 않은 새 나무젓가락처럼 많이 남아 있으니 괜찮다. 둘째, 역시 애들 소설다운 해피엔드구나. 실제 상황이었으면 동네 사람들에게 욕을 잔뜩 먹고, 집에서 신나게 얻어터졌을 게 분명한데.

집안은 아직도 냉전 중이다. 오빠는 여자 친구와의 기념일이랍시고 엄청나게 큰 선물 바구니를 들고 나갔다. 나는 바구니 안에 오빠의 냄새나는 팬티를 몰래 끼워 넣는 것을 잊지 않았다.

두리가 집안의 무신경으로 인해 굶어 죽지 않도록 내가 먹이를 주었다. 며칠 뒤 녀석이 아침부터 무척 괴로운 듯 앞구르기를 하고 있어 동물 병원에 데려갔더니, 과식으로 인해 배탈이 났다고 했다. 알고 보니 나뿐만 아니라 엄마와 오빠까지도 꾸준히 두리 먹이를 줬던 모양이었다. 준다고 해서 다 받아먹다니, 누굴 닮아서 그리도 욕심이 많은지 모르겠다.

방금 아빠가 평소보다 일찍 퇴근해 안방으로 들어갔다. 엄마와 무슨 대화를 나누는 듯하다. 나는 볼펜으로 머리칼을 틀어 올린 채, 30분 넘게 안방에 귀를 기울이는 중이다.

열아홉 살이 되었으니 앞으로 다들 '직녀야!'가 아닌 '직녀씨'로 우아하게 불러 주면 좋겠네,

13
아빠, 날다

펜션은 인터넷에서 본 사진과 많이 달랐다. 사진대로라면 화사한 꽃무늬 벽지에, 노란색 소파, 크림색 커튼이 구비되어 있어야 했다. 그러나 며칠째 안 갈아입은 치마 앞자락처럼 누리끼리한 벽지에는 눌려 죽은 모기들이 애처롭게 말라붙어 있고, 노란색 소파는커녕 노란색 방석도 없다. 수상쩍은 핏자국이 묻어 있는 커튼을 젖히고 베란다를 내다보자, 늘씬한 일광욕 의자가 놓여 있어야 할 자리에 포장마차에서 쓰는 플라스틱 의자 두 개가 비스듬히 겹쳐 있다.

"인터넷에 있는 건 1년 전 사진이에요. 소파는 지금 수리 중이라서."

주인 남자는 러닝셔츠 위로 드러난, 복어 네댓 마리를 찔러 넣은 것 같은 배를 쓰다듬으며 술 냄새를 풀풀 풍긴다. 주인 여자는 마당을 쓸며 발치로 엉겨드는 강아지의 배를 발로 툭툭 밀어내고 있다. 인터넷에서 본 사진 속에서 인상 좋게 손을 흔들고 있던 펜션의 주인 내외는 어디에도 없다.

"내 이럴 줄 알았어."

엄마가 혀를 찬다. 어정쩡한 자세로 서 있던 우리 네 식구는 마지못해 짐을 풀기 시작한다. 이제 와서 다른 방을 구하려고 한다면 적어도 두 배 이상의 돈을 줘야 할 거다. 펜션을 직접 예약한 건 아빠다. 개학을 얼마 안 남겨 두고, 아빠는 급작스럽게 가족 여행을 제안했다. 오빠는 엠티를 가야 한다고 머리를 긁적이고, 엄마는 못마땅한 표정으로 입술을 씰룩거렸지만 아빠는 개의치 않고 여행 계획을 세웠다. 나는 이것이 제발 우리 가족의 마지막 이별 여행이 되지 않기를 바라며 잠자코 따라왔다.

"저기 마당에 불판도 있으니까, 고기는 알아서들 구워 드시고."

식구들은 약속이라도 한 듯 주인 남자의 말을 외면한다.

대충 요기를 하고 펜션을 나선다. 자갈밭에 접어들자, 서로 멀찍이 떨어져 일렬종대로 걷기 시작한다. 주인 남자는 자갈밭을 지나 포장도로를 따라서 5분만 걸어 나가면 해수욕장이 나온다고 했으나, 30분 가까이 걸어도 포장도로에는 갈매기 깃털 한 개 떨어져 있지 않았다.

"이쪽으로 10분쯤 더 걸어가시면 해수욕장이 나오고요, 저기 갈림길로 해서 돌아가시면 레저 스포츠장이 나와요."

아빠가 길을 묻자, 오토바이를 타고 지나가던 중국집 배달원은 안쓰럽다는 표정으로 우리를 쳐다보며 대답한다. 슬리퍼 속의 발바닥이 후끈거린다. 우리 가족은 잘 달궈진 프라이팬처럼 뜨거운 정수리를 머리에 인 채로, 다시 아무 말 없이 앞을 향해 나아간다.

우리 가족이 함께 여행을 온 것은 몇 년 만의 일이다. 내가 열두 살 때 아빠 친구 가족과 함께 설악산에 갔었다. 나는 케이블카를 타고 올라가는 내내 발밑으로 멀어져 가는 숲을 노려보았다. 그렇게라도 하지 않으면 짙푸른 숲이 단숨에 케이블카 상자를 빨아들여 삼킬 것만 같았기 때문이다. 계곡에서 엄마는 내 발을 씻겨 주었고 아빠는 물고기를 잡아 주었다. 오빠는 물고기의 인내심을 시험한답시고 흙 위에 던져 두었다가 녀석들을 전부 죽이고 말았다.

"우리 이제 매년 이렇게 같이 여행 옵시다."

아빠가 친구 가족에게 말했다. 나보다 한 살 아래의 쌍둥이 남매가 있는 그 집 식구들은 좋다고 대꾸했다. 그리고 몇 달 뒤 그들은 캐나다로 이민을 갔다. 다음 해에 엄마에게 여름 여행을 안 가느냐고 묻자 "오빠 학원비 때문에 돈 없다."라는 단호한 대답이 돌아왔다.

그때부터 여름이 되면, 아빠는 낚시를 하러 떠나고, 엄마는 시골의 외갓집에 이틀 정도 내려가고, 오빠와 나는 여름 캠프에 놀러가는 것으로 각자의 휴가를 해결하곤 했다.

어릴 때 나는 아빠와 치과 가는 것을 좋아했다. 나를 진료실에

디밀어 놓고는 엄살 부리지 말라고 경고하던 엄마와 달리, 아빠는 치과 의자 옆에 서서 내가 진료받는 과정을 내내 지켜보았다. 때로는 그늘 좀 만들지 말아 달라며 의사가 아빠를 뒤로 밀어내기도 했다. 진료를 마치고 집에 돌아오는 길에는 항상 아빠가 비디오를 빌려 주었다. 엄마는 보통 때 내게 절대 비디오를 보지 못하게 했지만, 아빠가 빌려 줄 때만은 아무 말도 하지 않았다. 그래서 오빠와 나는 일부러 치과 갈 일을 만들기 위해, 끔찍하게 단 젤리를 이에 얹어 둔 채 한참을 있곤 했다.

"수영 좀 하지 그러니."

아빠가 나와 오빠를 보고 말한다. 우리는 일렬횡대로 축축한 모래밭에 앉아 뜨거운 땡볕에 잔뜩 인상을 찌푸리고 있다. 바닷가에는 젊은 무리들이 꺅꺅 소리를 질러 대며 도넛 같은 튜브를 곳곳에 띄워 두고 있다. 물은 중후한 흙탕 빛을 띤다. 출렁, 출렁.

"시원하네요."

어색한 분위기 사이를 비집고, 내가 입을 연다. 아빠는 도대체 무슨 생각으로 무려 3박 4일의 긴 여행 일정을 잡은 것일까. 이 근처에 바다뿐만 아니라 산도 있고 절도 있다지만, 나흘이나 머무를 필요는 없을 텐데. 게다가 오빠가 아까 주인 남자에게 주변에 피시방은 없느냐고 묻자, 버스를 타고 시내로 나가야 한다는 대답이 돌아왔다. 이럴 줄 알았더라면 수험생이라는 핑계를 대고 집에 남아서 실컷 놀기나 할걸.

"저게 뭐지?"

오빠가 파도 위에 둥둥 떠다니는 무언가를 가리킨다. 나는 눈을 찌푸려 그것을 바라본다.

"손수건 같은데."

아빠가 말한다. 우리 가족은 말없이, 파도에 휩쓸려 떠다니는 물체에 집중한다. 오빠가 엉덩이를 털고 일어나더니 바닷물 가까이 다가간다. 무르팍쯤을 물에 담그며 그것에 가까이 다가갔던 오빠가 다시 돌아서서 휘적휘적 걸어 나온다. 아빠와 엄마와 나는, 그게 뭐였냐는 표정으로 동시에 오빠를 쳐다본다. 오빠는 다리의 물기를 털며 모래밭에 털썩 주저앉는다.

"똥 묻은 팬티던데."

펜션에 돌아온 나는 주변을 어슬렁거린다. 아무렇게나 구겨 버린 휴지 뭉치 같은 강아지 한 마리가 내 발뒤꿈치를 툭툭 건드리며 졸졸 따라온다. 펜션의 뒤뜰로 나온 나는, 널찍한 평상 위에 올라앉는다. 강아지가 두 앞발을 세우고 몇 걸음 걷다가 뒤로 벌러덩 넘어진다. 나는 강아지의 이마를 발끝으로 슬쩍 치며 약을 올린다. 강아지는 헥헥거리며 내 발을 향해 덤벼들려다가 다시 나동그라지기를 반복한다. 그때 누군가 빠른 속도로 뒤에서 다가오더니, 강아지를 번쩍 안아 든다.

"얘 아퍼, 그러지 마."

강아지는 언제 장난을 치고 놀았냐는 듯, 얌전해진다. 강아지를 품에 안은 내 또래의 남자애가 나를 위아래로 훑어본다. 얼핏 보고 계집애인 줄 알았다. 나보다도 흰 피부에 팔다리가 가늘고 곧다. 게다가 얇게 쌍꺼풀이 진 눈과 갸름한 턱 선은 또 어떠한가. 나는 괜히 심술이 생겨 그 애 품에 안긴 강아지를 슬쩍 건드린다.

"하지 말라니까."

강아지를 더 세게 끌어안으며 화를 내는 것도 딱 새침한 여자애 모양새다. 남자애와 강아지를 외면하고 평상 밑에 던져두었던 슬리퍼를 더듬어 찾는다. 멀찍이 물러난 채로 강아지의 머리를 쓰다듬던 남자애가 흘끗 나를 쳐다보며 입을 연다.

"그 평상에 앉은 사람치고 무사히 여길 빠져나간 사람이 없지."

강아지가 그 말을 거들기라도 하듯 멍, 하고 한 번 짖는다. 나는 앉았던 평상을 둘러본다. 누런 장판을 깔아 놓은 평상 가장자리에는 김칫국물이 얼룩져 있다. 남자애는 한 걸음 뒤로 물러나더니 재미있다는 표정으로 말을 잇는다.

"전부 물에 빠져 죽거나 머리가 이상해져서 돌아갔어."

나는 남자애를 향해 여유 있게 웃어 보인다.

"그래서 너도 좀 이상해졌나 보구나."

내가 말하자, 남자애는 가만히 나를 응시한다. 그리고 이내 휙 돌아서서 사라진다. 나는 뒤따라가서 남자애의 머리칼을 잡아당기거나 엉덩이를 걷어차 주고 싶은 충동에 사로잡힌다. 생긴 것을 보아하니, 잘만 하면 어린 계집애처럼 징징대며 울어 대는 꼴을 볼 수도 있을 상이다. 남학교를 다니고 있다면 매일 빈 깡통처럼 이리저리 발에 차이는 처지일 것이 분명하다.

저녁 메뉴는 삼겹살이다. 마당에서 불판을 사용해 구워 먹고 싶었지만, 모기가 너무 많았다. 우리는 집에서 먹던 대로 프라이팬에 삼겹살을 구웠다. 기름 냄새 섞인 연기가 좁은 실내에 묵직하게 맴돈다. 조그마한 텔레비전을 들여다보며 저녁을 먹고 있는데, 아빠가 입을 연다.

"아빠, 말이다."

오빠는 입에 상추쌈을 욱여넣던 채로 아빠를 쳐다본다.

"곧 회사를 그만두게 될 것 같구나."

나는 씹던 것을 잠시 멈추었다가, 이내 천천히 다시 씹기 시작한다. 생전에 어떤 성질머리를 가진 돼지였기에 고기가 이렇게 질기담. 아빠는 무언가 더 할 이야기가 있는 듯했으나 그만둔다. 오빠가 사이다를 꺼내 오겠다며 자리에서 일어났기 때문이다. 엄마는 거친 젓가락질로 반찬을 집는다. 밥상은 좀 전보다도 더 고요해진다. 분명 말을 하지 않기는 아까나 지금이나 똑같은데, 어째서 더 농밀한 고요함이 찾아온 것일까. 나는 쓸데없는 궁금증을 품으며 마을을 씹는다. 오빠가 사이다를 들고 돌아왔지만, 이야기는 더 이상 이어지지 않는다. 아빠는 아무 말도 하지 않고, 우리는 아무 얘기도 듣지 못했다는 듯 다시 먹는 데만 열중하기 시작한다.

"애들한테 그런 얘긴 왜 한대."

아빠가 화장실에 들어간 뒤, 엄마는 우리더러 들으라는 듯 중얼거린다.

"내 유학은 물 건너갔구나."

철없는 오빠는 방바닥에 드러누우며 한탄하듯 말한다.

"유학 좋아하네. 영어도 못하면서 외국 나가 뭘 어떻게 배우나?"

나는 오빠를 향해 빈정거린다. 그러자 오빠가 머리 밑에 깔고 있던 베개를 빼서 내 쪽으로 집어던진다.

"어디 너는 대학이나 들어가나 보자."

요즘 오빠의 뻔한 레퍼토리다. 대학생이 되더니 독창성마저 사라졌는지 하는 말이 늘 똑같다. 게다가 할 말이 없어지면 괜히 우격다짐으로 누르고 보려는 저 미개한 사고방식이란.

"오빠가 다니는 대학은 모셔 간대도 안 간다!"

"아, 그만들 해!"

바닥에 이불을 깔던 엄마가 성가시다는 듯 주의를 준다. 원룸식으로 이루어진 펜션이라, 이불을 깔고 네 명이 주르르 포장된 소시지처럼 누워 자야 한다. 불편하기 짝이 없다. 아빠는 감원된다는 이야기를 분위기 잡고 하기 위해 우리를 여기까지 끌고 왔단 말인가. 영화를 찍는 것도 아니고 정말이지 너무 촌스럽다. 황금 같은 여름방학을 이런 식으로 낭비해야 한다니.

다음 날 우리는 산에 오르기로 한다. 그러나 30분도 채 못 가, 오빠 다리에 쥐가 나는 바람에 계곡 근처에 자리를 잡고 만다. 아빠는 계곡에 물고기나 가재가 없는지 돌아보자고 한다. 잡아서 끓여 먹을 것도 아닌데 귀찮게 찾아다녀서 무얼 하나 싶었지만, 말없이 뒤따라 나선다. 바위 위에 퍼질러 앉아 있는 오빠와, 그런 오빠의 다리를 주물러 주고 있는 엄마를 뒤로하고 아빠와 나는 계곡의 상류로 올라간다. 맑은 계곡물에 반사된 햇빛이 눈부시다.

커다란 바위 밑 그늘을 조용히 들여다보던 아빠가 손에 들고 있던 플라스틱 통을 물속에 반쯤 담근다. 바위 근처로 꽤 굵은 물고기들이 헤엄치고 있는 것이 보인다. 그때까지 시큰둥하게 서 있던 나는 대뜸 아빠를 재촉하기 시작한다.

"어? 저기 온다. 위로 올 때 확 들쳐요!"

물고기 두 마리가 플라스틱 통 가까이로 다가온다.

"지금, 빨리!"

내 목소리에 맞춰 아빠가 통을 힘차게 들어 올린다. 그러나 플라스틱 통에 출렁거리며 들어찬 것은 차가운 계곡물과 그 속에 떠다니는 부연 모래 알갱이뿐이다. 나는 이마에 튄 물방울을 훔친다. 아빠가 싱겁게 웃으며 통 속에 담긴 물을 쏟아 낸다. 나는 아쉽게 입맛을 다시며 다른 어딘가에 몰려 있을 물고기들을 찾기 시작한다.

"직녀야."

아빠가 부른다. 나는 여전히 물속에 시선을 둔 채 건성으로 "네?" 하고 대답한다.

"미안."

내가 뒤를 돌아보자, 아빠는 파란 통을 들어 보인다.

펜션 마당에서 연주와 통화를 하고 있는데, 남자애가 주변을 얼쩡거린다.

"너, 이 집 아들이니?"

내가 묻는다. 수화기 너머의 연주가 "뭐? 누가?" 하고 묻는 소리가 들려온다. 남자애는 고개를 끄덕인다. 그 애는 마치 '나는 너희 엄마 친군데, 너희 엄마가 너 데리러 오라고 하더라.'라는 말을 건네는 낯선 사람을 바라보는 유치원생처럼 주춤거리며 나를 본다. 나는 더 할 얘기가 있다고 하는 연주의 전화를 끊어 버리고는 남자애를 유심히 쳐다본다.

"몇 살이야?"

내가 묻자, 남자애는 잠깐 나의 의중을 헤아리려는 듯 경계를 하다가 대꾸한다.

"스물."

오빠랑 동갑이다. 오빠도 예쁘게 생겼다느니 귀엽다느니 하는 말을 많이 듣는 인상인데, 이 애는 어쩜 이렇게 여자처럼 선이 가늘게 생길 수 있을까.

"신기한 거 보여 줄까."

남자애가 조심스럽게 입을 연다. 나는 어깨를 으쓱해 보인다. 남자애는 대문 어귀에서 뛰어 노는 강아지를 안쪽으로 밀어 놓고 펜션을 나선다. 그 애 뒤를 따라 얼마나 걸었을까. 바닷가와 정반대 방향의 비포장도로에 접어든다. 그제야 너무 멀리 따라 나온 게 아닌가 싶어 뒤를 돌아본다. 이거 혹시 이 지역의 신종 납치 수법이 아닐까.

걸음을 멈춘 곳은 커다란 상수리나무 앞이다. 남자애는 어떠냐는 듯한 표정으로 나를 돌아본다. 그것은 아무리 봐도 이 길가에 숱하게 서 있는 평범한 상수리나무와 다를 바 없어 보인다.

"여기 나무 무늬를 잘 들여다보고 있으면, 도깨비 얼굴이 보여."

남자애가 턱짓하며 말한다. 나는 여기까지 나를 데리고 온 최소한의 성의를 봐서 나무 기둥의 껍질 무늬를 들여다보려고 했으나, 이미 어스름한 어둠이 내려 눈에 잘 들어오지 않는다. 더 가까이 보기 위해 몇 발짝 가까이 간다. 남자애가 뒤로 다가와 내 어깨 높이를 조절해 준다.

"이 높이에서 봐 봐."

남자애의 뺨이 내 귀에 닿는다. 나도 모르게 숨을 멈춘다. 그 애는 전혀 아랑곳하지 않고 나무 기둥을 손으로 가리킨다. 그러고는 여전히 내 어깨에 손을 얹은 채 자신은 유심히 나무를 쳐다본다. 내가 한낱 남자애 앞에서 이렇게 경직될 리가 없는데, 이상하다. 나는 몸을 떼기 위해 조금 옆으로 움직인다. 남자애가 가볍게 따라오다가 제 뺨에 내 뺨을 살짝 부딪친다. 짧고 미묘한 기운이 뺨을 타고 내려간다. 매미 울음소리가 귓가를 찌른다. 남자애는 여전히 나무에 시선을 고정한 채, 어깨에 올려 두었던 손으로 내 왼쪽 볼을 감싼다.

"좀 더 옆으로 봐야지."

손가락 마디가 느껴지는 보드라운 손이다. 나는 아득하게 부풀어 오른 가벼운 비누 거품 속에 서 있는 기분이 든다. 비눗방울의 결이 찬란하게 빛나는 거품은 이따금씩 바람에 날려 내 머리칼에 달라붙기도 한다.

"어두워서 안 보이나 보네. 그만 가자."

남자애가 싱긋 웃으며 물러난다. 그 애는 올 때와 마찬가지로 나보다 서너 걸음쯤 앞장서서 펜션으로 향한다.

다음 날은 온종일 펜션에서 쉬었다. 오빠는 뭘 또 함부로 주워 먹었는지 설사를 계속해서 마치 해골 같은 얼굴을 하고 잠이 들었다. 나는 멍하니 앉아 창밖을 내다본다. 어제의 기분을 생각하자 머릿속이 얼얼해진다. 심부름을 가는지 이따금씩 마당을 가로질러 나가던 남자애가 창문 쪽을 돌아보고 나를 향해 미묘한 웃음을 지어 보인다.

집으로 돌아가는 날이다. 아빠의 차는 펜션의 주차장을 빠져나가 자갈길을 달린다. 얼마쯤 가던 도중에 오빠가 복통을 호소한다. 아빠는 급한 대로 가까운 레저 스포츠장 안에 차를 세운다. 오빠는 차 문을 열고 뛰쳐나가 공중화장실로 달려 들어간다. 나는 밖으로 나와 음료수를 사 마신다. 레저 스포츠장에는 내 또래 아이들이 바글거린다. 바나나 보트와 땅콩 보트, 수상스키, 번지점 프와 같은 각종 시설이 마련되어 있다. 한쪽 구석에 형광색 구명 조끼가 잔뜩 쌓여 있다.

아빠는 주머니를 더듬더니 잠시 어디론가 자리를 비킨다.

"그러게, 약을 먹으라니까!"

배를 문지르며 화장실에서 나오는 오빠를 향해 엄마가 말한다.

"괜찮기에 다 나은 줄 알았죠."

오빠는 볼멘 목소리로 대꾸한다. 그러고는 내가 마시던 음료수 를 빼앗아, 배탈 약을 삼킨다.

"느이 아빠는 어디 갔니?"

엄마가 주위를 두리번거린다. 나는 물살을 가르며 신나게 수상 스키를 타고 있는 아이들을 바라본다. 진작 친구들과 함께 레저 스포츠나 즐기러 올걸. 특히나 땅콩 보트는 꼭 한번 타 보고 싶었 는데.

그때, 수상스키 대기 줄에 서 있던 아이들이 저쪽 어딘가를 바 라보며 환호한다. 나는 그 애들의 시선을 따라 천천히 시선을 돌 린다. 손으로 햇빛 가리개를 하고 위쪽을 올려다본다. 저 멀리 번 지점프대 위에 낯익은 모습이 서 있다. 잘못 봤나 싶어 오빠를 툭 친다.

"어? 아빠다."

오빠가 말한다. 몸에 안전장치를 두르고 번지점프대의 끝에 서 있는 사람은 분명, 아빠였다. 눈 코 입이 보이지 않는 아빠는 잠시 아래를 내려다본다. 그러고는 옆에 서 있는 안전 요원의 말에 고개를 끄덕인다. 숨을 크게 들이마시는 듯한 아빠는 이내 공중으로 뛰어내린다. 아빠의 다리에 매달린 줄이 긴 곡선을 그리며 풀려난다. 몸은 볕을 가르며 유연한 물고기처럼 떨어진다. 그리고 다시 위를 향해 솟구친다. 줄의 반동으로 인해 또 한 번 끝까지 떨어졌다가, 솟구친다. 우리는 입을 벌린 채 아빠가 떨어지고 솟구치는 방향에 따라 고개를 위아래로 움직이며 그 모습을 지켜본다. 아빠가 움직일 때마다 볕은 여러 등분으로 갈라져 더 강하게 쏟아진다. 구명조끼를 입은 젊은 애들이 아빠를 향해 환호한다. 나는 문득, 아빠는 지금 웃고 있을까 하는 생각을 한다.

"저기가 몇 미터나 되니?"

걱정스러운 목소리로 엄마가 묻는다.

"아마 45미터일걸요."

"미쳤어! 고소공포증까지 있는 사람이……."

엄마는 중얼거리듯 말하다가 내 쪽을 쳐다본다.

"저기서 내려올 땐 어떻게 해?"

아빠의 몸이 완전히 멈추자, 안전 요원들이 다가가 내려오는 것을 돕는다. 아빠는 거꾸로 매달려 머리가 잔뜩 헝클어진 채, 환호해 준 사람들을 향해 손을 흔들어 보인다.

우리 가족은 레저 스포츠장 한편의 매점에서 김밥을 산다. 엄마는 혹시 후유증이 남을지 모른다며 매점에 붙어 있는 약국에서 우황청심환을 사서 아빠에게 억지로 먹인다. 그러고는 "아직도 청춘인 줄 알아." 하며 아빠를 질책한다. 오빠를 제외한 아빠, 엄마, 나는 은박지에 싸인 김밥을 통째로 한 줄씩 들고 먹는다. 레저 스포츠장 안의 바닷물이 출렁거린다. 물은 여전히 더럽다. 나는 입가에 묻은 밥풀을 떼어 먹다 말고 묻는다.

"근데, 그 똥 묻은 팬티는 대체 누가 버린 걸까?"

아빠와 엄마가 똑같이 콧잔등을 찡그린다. 오빠는 파라솔 아래 의자에 몸을 쭉 빼고 앉은 채 대꾸한다.

"글쎄, 누군지는 몰라도 배 속이 꽤 안 좋은 것 같던데."

나는 고개를 끄덕인다. 하늘 위로 바닷새가 날아간다.

아빠는 얼마 뒤 직장을 그만두었다. 그리고 잠깐 한국에 돌아왔다는 옛날 친구와 함께 바다낚시를 하러 떠났다. 오빠는 배탈이 낫기 무섭게 식중독에 걸렸다. 엄마가 외할머니 댁에 간 탓에, 오빠가 직접 부엌에서 이상한 음식을 만들어 스스로에게 먹였기 때문이다.

서울로 돌아온 뒤에도 나는 가끔 그 남자애 생각을 했다. 연주는, 바로 그런 녀석이 여자들에게 작업을 잘 치는 고수라고 했다. 여행에서 돌아오자마자 세어 보니 모기에게 물린 곳이 총 열다섯 군데나 되었다.

샤워를 하고 자야 하는데 오빠가 화장실에서 나올 생각을 않는다. 나는 거울을 들여다보며 그 남자애가 했던 것처럼 내 왼쪽 뺨을 지그시 감싸 보지만, 후텁지근하게 땀만 고일 뿐 그때와 같은 느낌은 들지 않는다. 거울을 향해 주먹을 날려 보이고는, 일기장을 펼친다.

이번 낚시에서는 아빠가 월적을 낚아 오기를!

14
마지막 콘서트

교실에서 이상한 증상을 보이는 아이들이 늘어가고 있다. 어떤 애는 담임과의 면담을 마치고 돌아와 멍하게 앉아 있더니 점심시간 내내 창가에 선 채로 창문에 머리를 짓찧어 댄다. 또 어떤 애는 혼자 '대학 따윈 필요 없어.'라는 노래를 지어 부르면서 교실을 팔짝팔짝 뛰어다니기도 한다. 민정이는 쉬는 시간의 대부분을 자는데 소모한다. 두 팔을 책상 아래로 떨어뜨린 채 교과서를 베개 삼아 잠들어 있는 민정이는, 이제 막 정글 탐험을 마치고 휴식 중인 어린 침팬지 같다. 칠판 구석에 깨알만 한 글씨로 새겨 있는 수능 디데이 날짜는 부지런히 줄어들고 있다.

"난 진짜 무슨 일이 있어도 꼭 대학에 가야 돼."

누구보다 안달이 난 목소리로 내게 말하는 것은 다름 아닌 우리 반 꼴찌 연주다. 연주는 공부뿐만 아니라 정답 찍기에도 전혀 소질이 없다. 그 애는 교무실 앞에 놓인 대학 안내 책자를 모조리 챙겨 와 책상 위에 수북이 쌓아 놓고, 건물이 가장 예쁜 학교를 찾고 있다.

"엠티도 가야 하고 미팅도 해야 한단 말이야. 모델학과는 미팅이 일주일 내내 들어온다던데."

연주는 설렘이 가득한 표정으로 말한다. 나는 심드렁하게 턱을 괸 채로 창밖을 내다본다. 이내, 건물이 가장 예쁜 학교에 모델학과가 없다는 사실을 확인한 연주가 책자들을 전부 모아 폐휴지통에 갖다 넣는다. 그러고는 막 생각났다는 듯, 민정이를 흔들어 깨운다.

"우리, 졸업하고 일본으로 배낭여행 가지 않을래?"

졸음에 취한 민정이는 고개를 끄덕여 보이고는 다시 책상 위에 엎어진다. 해외여행이라니, 오랜만에 연주가 솔깃한 얘기를 꺼냈다. 연주와 나는 벌써부터 날짜를 잡기 시작한다. 일본에서는 석쇠에 다섯 시간쯤 방치한 조기구이처럼 몸을 새까맣게 태우는 게 유행이라던데, 가서 기가 죽지 않으려면 미리 인공 선탠이라도 하고 가야 하지 않을까? 학교에서 제2외국어로 2년 내내 일본어를 배웠지만 할 줄 아는 거라고는 아침 인사뿐인데, 밥이나 제대로 사 먹을 수 있을까?

"근데 비용은 어쩌냐. 우리 엄마가 여행 경비를 줄 리 없는데."

일본의 귀여운 아이돌 가수들에 대해 신나게 떠들어 대던 나는,

문득 김빠진 목소리로 중얼거린다. 연주가 그럴 줄 알았다는 듯 장난스러운 표정을 지으며 말을 꺼낸다.

"부모님 돈으로 가면 그게 무슨 재미가 있냐? 지금부터라도 여행 경비를 모으는 거야!"

우리가 일본 여행 경비를 벌 수 있을 만한 방법을 강구해 보려는 찰나, 누군가 교실 문을 드르륵 열고 소리친다.

"17번, 다음 면담 준비하래!"

연주가 손바닥을 가로세워 목에 찍 그어 보인다. 그러고는 무사히 돌아오기를 기원해 달라는 듯 애처로운 표정으로 자리에서 일어선다.

요즘 우리 학교에서 '미소 짓는 독설가'로 한창 주가를 올리고 있는 사람이 있는데, 바로 우리 담임이다. 친절하고 너그러운 평상시의 이미지와 달리, 면담을 할 때는 가차 없이 냉정한 말투로 돌변한다는 것이다. 면담만 끝나면 눈가가 벌겋게 부은 채 휴지로 코를 풀며 올라오는 아이들이 한둘이 아니다.

나는 창밖으로 교문 너머의 차도를 물끄러미 바라보다가, 늘어지게 기지개를 켠다.

"공연이요?"

내가 묻자, 수화기 너머의 봉구 씨가 "그래그래." 하고 대답한다. 밴드 연습실에 있는 모양인지 뒤편에서 드럼 두드리는 소리가 들려온다.

"이번 주 일요일 여섯 시야. 친구들 데려오면 더 좋고. 작은 공연장을 빌려서 하는데, 요즘 부쩍 팬들이 늘어나서 아마 사람들이 금방 찰 거야. 입구에서 내 이름 팔고 들어와."

봉구 씨는 그럼 일요일에 보자며 전화를 끊는다. 봉구 씨네 밴드 이름은 '배고픈 원숭이들'이라고 한다. 나는 잠시 골똘히 생각에 잠겨 있다가, 책꽂이에 꽂혀 있는 두 권의 영어 문제집과 예전에 쓰던 연습장을 꺼내 든다. 밴드의 팬들이 많이 온다면, '기타리스트가 가르치던 문제집'이라는 이름으로 괜찮은 값에 팔아넘길 수 있을 것이다. 봉구 씨의 휴대폰 번호도 헐값에 알려 주고 다녀야겠다. 이럴 줄 알았다면 과외할 때 색다른 사진이라도 몇 장 찍어 놓을 걸 그랬다. 연주에게 전화를 걸어 말하자, 그 애는 팔릴 것 같기만 하다면 봉구 씨가 앉았던 의자라도 들고 가서 내놓으란다.

거실에 나가자 오빠가 눈을 감은 채 바닥에 가부좌를 틀고 앉아 있다. 오빠는 보름 전, 명상 동아리에 가입했다고 한다. 매일 아침 거실 한가운데에 마녀의 머리카락에서 나는 냄새 같은 향을 피우기도 하고, 새소리나 계곡을 흐르는 물소리가 흘러나오는 테이프를 틀어 놓기도 한다. 명상법이란 여러 사람들에게 전파할수록 좋다는 것이다.

"하려면 방에 들어가서 혼자 해!"

내가 핀잔하자, 화장실에서 나오던 엄마가 한마디 던진다.

"다른 집 수험생 애들은 머리 맑게 한다고 지들이 직접 한다더라. 오빠가 너 신경 써서 그러는 건데 고마운 줄 알아."

오빠는 명상에 방해가 된다는 듯 고개를 설레설레 저으며 일어난다.

생전 대학 얘기로 나를 괴롭힌 적이 없던 엄마가 요즘따라 은근히 남의 집 수험생들을 들먹인다. 학부모 면담은 없느냐고 물어보는가 하면, 서울에서 괜찮은 전문대가 어디 어디라고 하더라, 라는 말도 슬쩍 던지고 지나간다. 그럴 때면 나는 퉁명스럽게 "나는 수술대학교 성형외과 갈 건데."라고 대꾸한다. 물론 매번 머리를 쥐어박히곤 하지만.

담임이 나를 물끄러미 바라본다. 진학 계획이 어떻게 잡혀 있는지 들어 보자는 것이다. 나는 교무실 한쪽 구석에 놓인 꽃화분을 응시하며, 아주 울적한 고민이라도 품고 있는 듯 한숨을 내쉰다. 근심스러운 표정으로 선생님을 한번 쳐다보다가 이내 시선을 떨어뜨리기를 반복한다.

"직녀야, 무슨 안 좋은 일 있니?"

예상대로 담임이 내 표정을 살피며 묻는다. 나는 잠시 생각에 잠긴 척, 입술을 깨물어 보인다. 그러고는 혼잣말처럼 중얼거린다.

"지금 대학이 문제가 아니에요."

담임은 의자를 내 쪽으로 당겨 앉으며, 무슨 일이냐고 물어 온다. 나는 도저히 얘기할 마음이 나지 않는다는 듯 억지로 웃어 보인다. 그러자 담임이 차분한 손길로 내 어깨를 두드린다. 지금은 면담을 할 상태가 아닌 것 같으니, 대학 얘기는 나중에 하자고 한다. 다른 문제가 있거든, 언제라도 찾아와 상담을 하라고도 덧붙인다. 나는 속으로 '나이스!'를 외치며 교무실을 나선다. 그대로 면담을 시작했더라면, 사막에 던져진 바다거북처럼 한참을 허우적거리다가 잔뜩 말라 쪼그라진 채로 기어 나왔을 거다. 곤란한 상황에 대한 대응책이 없을 때는 일단 도망치는 것이 상책이다.

복도에 옆반 여자애가 훌쩍거리며 서 있다. 몇몇 아이들이 그 애를 둘러싸고 달랜다. 그 옆을 지나쳐 가지만, 내 쪽에 시선을 주는 아이는 없다. 얼마 전까지만 해도 내가 지나가면 다른 반 아이들이 먼저 복도의 길을 비켜 주거나 괜히 살갑게 인사를 걸곤 했는데. 어쩐지 요즘 들어 학교 내에서의 내 입지가 점점 사라져 가고 있는 것 같다. 후배들을 불러 모아 이야기만 좀 하려고 하면, 하나같이 '쟤는 뭔데 저렇게 한가하대?'라는 표정으로 나를 쳐다보곤 한다. 심지어는 그렇게 나를 괴롭히지 못해 안달이 나 있곤 하던 주임 선생마저도 내가 화려한 운동화를 신고 등교하거나 교표를 달지 않은 채 돌아다녀도 본체만체한다. 학교가 원래 이렇게 심심한 곳이었나.

민정이와 연주, 나는 홍대 거리에 들어선다. 학원을 마치고 온 민정이는 몹시 피곤한 듯했으나 주변에 돌아다니는 잘생긴 남자애들을 보고는 눈을 빛내며 기운을 되찾는다. 봉구 씨가 말했던 지하 공연장은 생각보다 쉽게 찾을 수 있었다. 꽤 으리으리할 거라는 예상과 달리 공연장 입구는 이동식 공중화장실처럼 작다. 입구 앞쪽에서는 원숭이 복장을 한 남자가 티켓을 판다.

"박봉구 씨 동생들이에요."

연주가 잽싸게 먼저 말을 꺼낸다. 남자는 우리를 흘끗 쳐다보고 종이에 무언가를 기록하더니, 들어가라는 턱짓을 해 보인다. 공연이 한 시간이나 남았음에도 좁은 실내에는 사람들이 바글거린다. 나는 연주와 눈빛을 교환한 뒤 슬그머니 가방 속에서 문제집을 꺼낸다. 연주는 주변에 모여 있는 여자들 중에 가장 순진해 보이는 무리를 찾아 다가간다.

"혹시 여기 밴드 멤버 중에 기타리스트 박봉구 씨 좋아하는 분?"

연주가 묻자 여자들의 무리는 하던 이야기를 멈추고 우리 쪽을 돌아본다. 나는 지하철 안에서 초강력 때밀이 수건이나 손전등을 파는 상인처럼, 문제집을 들어 올려 보인다.

"이 문제집으로 말할 것 같으면, 봉구 씨가 한 달여 동안 직접 학생을 가르쳤던 것입니다."

그러자 여자들의 눈이 커진다. 나는 장사가 먹혀들었구나 싶은 생각에 흐뭇한 표정을 짓는다. 잠시 후, 무리 중에 가장 몸체가 크고 허벅지가 굵은 여자가 감탄하듯 입을 연다.

"박봉구도 과외를 다 하나 보네. 걔 우리 중에 학점이 제일 안 좋잖아?"

"그러게, 그 실력 믿고 과외받는 고등학생들도 있긴 있구나."

여자들은 마음에 드는 이야깃거리를 찾았다는 듯, 저희들끼리 '박봉구 과외'에 대해 수다를 떨기 시작한다. 우리가 옆쪽에 멀뚱히 서 있자, 그들 중 가장 우스꽝스러운 티셔츠를 입은 여자가 다독이듯 한마디 한다.

"우린 봉구랑 같은 학과 친구예요."

그 뒤로 두 팀 정도에게 더 장사를 시도해 보았지만 그들은 형편없이 문제를 풀어 놓은 과외 학생의 영어 실력을 비웃거나, 봉구 씨가 누입 때에노 귀에 피어싱을 날고 오느냐, 보통 때는 어떤 말투를 쓰느냐는 등의 질문을 던졌을 뿐, 지갑을 꺼낼 기미는 보이지 않았다. 홧김에 문제집을 공연장 구석에 던져 버린다. 새로 몰려온 관객들이 우르르 문제집을 밟고 지나간다.

잠시 후 실내조명이 전부 꺼진다. 연주와 나, 민정이는 흩어질 가능성에 대비해 서로의 손을 잡는다. 배탈이 난 모양인지 배가 약간 아프다는 연주는, 손에 식은땀이 배어 있다.

머리카락을 노랗게 염색하여 닭 볏처럼 세운 남자가 무대 중앙으로 나온다. 그의 간단한 오프닝 멘트가 끝나자, 무대 위에 붉은색 조명이 켜진다. 봉구 씨는 보컬의 왼편에 서 있다. 이마에 이상한 문양의 낙서를 해 넣고 마치 감전된 사람처럼 머리칼을 뾰족하게 세운 탓에 알아보기까지 꽤 시간이 걸렸다. 요란한 음악 소리는 바닥을 둥둥 진동시킨다. 보컬은 가사를 알아들을 수 없는 이상한 소리로 열창을 해 댄다. 사람들은 여느 콘서트처럼 그 자리에 선 채로 얌전히 무릎만 굽혔다 펴는 것이 아니라, 자리에서 방방 뛰며 요동을 친다. 서로 몸을 부딪치며 환호하다가 볼링 핀처럼 떼거리로 쓰러지기도 한다. 처음에는 머릿속에 들어 있는 뇌세

포들이 전부 밖으로 기어 나와 덤블링을 하는 듯 어지럼증에 시달리던 나도, 차차 음악 속에 몸을 맡기기 시작한다. 그리고 정신을 차렸을 때는 어느 틈엔가 머리를 좌우로 흔들고, 두 팔을 물에 빠진 사람처럼 허우적거리며 점프를 하고 있었다. 온몸이 금세 땀으로 흠뻑 젖는다.

"야!"

옆에 있던 연주가 내 팔을 붙들고 무어라고 말한다. 연주의 말소리는 음악 소리에 파묻혀 사라진다. 그 애는 내 가까이로 다가와 귓가에 대고 이야기를 하려는 듯했으나, 갑자기 끼어든 거구의 남자 때문에 저쪽으로 밀려나고 만다. 이따금씩 관객을 향해 돌아오는 조명빛이 연주의 얼굴을 언뜻언뜻 비춘다. 나를 향해 소리치는 모양을 보아하니, 좋아서 미치겠다는 것인가 보다. 연주는 내가 고개를 끄덕이며 웃자, 자기 옆에서 뛰고 있는 사람을 붙들고 입을 연다. 연주가 사람들의 옷깃을 연달아 붙잡고 흔들어 대자, 주변에 있던 사람들은 연주를 번쩍 들어 올려 파도를 태우기 시작한다. 연주는 드러누운 채로 사람들이 머리 위로 뻗어 올린 손에 의해, 마치 서핑 선수처럼 이리저리 휩쓸린다. 나는 민정이의 어깨를 쳐서, 사람들의 손 위에 누워 물결을 타고 있는 연주를 가리킨다. 민정이는 입을 크게 벌리고 엄지손가락을 쳐들어 보인다. 관객들이 자진해서 파도를 태우자 밴드 멤버들도 신이 났는지 음악 소리가 한층 더 크게 울려 퍼진다. 나는 부러운 눈길로 연주를 바라본다. 사람들의 손 위에서 점점 앞으로 밀려가고 있는 연주는, 간지러운 듯 몸을 비틀어 댄다.

연주가 사람들에 의해 무대 앞까지 다다르자, 노래를 하고 있던 보컬이 연주의 손을 잡아끌어 무대 위로 일으켜 올린다. 노래는 클라이맥스로 접어든다. 보컬이 연주에게 어깨동무를 하고 자리에서 잇따라 점프를 한다. 연주는 황홀감에 젖은 듯 휘청휘청거리다가 딜씩, 자리에시 쓰러진다.

"뭘 먹었길에 맹장염에 걸리냐."

내가 혀를 차며 말한다. 어제저녁, 급히 구급차로 병원에 옮겨진 연주는 곧장 맹장 수술을 받았다. 의사는 조금만 더 늦었더라면 복막염으로까지 진행될 뻔했다고 한다. 연주는 살다 살다 그런 정신없는 공연은 처음 봤다고 치를 떤다.

"아프면 아프다고 말을 하지."

내가 말하자, 연주는 발끈하여 무어라고 대꾸를 하려다가 통증을 느낀 듯 미간을 찡그린다. 그러고는 이내 지쳤다는 듯 널브러진다.

"난 또 니가 좋아서 그런 줄 알았지 뭐냐."

나는 내가 사 온 오렌지 주스를 마시며 킬킬거린다.

어제의 공연이 끝난 뒤 봉구 씨에게 고맙다는 전화가 왔다. 자기 밴드를 눈여겨보고 있던 기획사 관계자가 공연에 왔었는데, '아마추어 밴드가 열광적인 공연으로 팬을 기절시켰다!'라며 감탄을 마지않았다는 것이다.

"직녀 왔구나?"

연주네 엄마가 병실에 들어선다. 나는 연주를 병실에 놔둔 채 연주네 엄마와 함께 병원 지하의 식당가에서 저녁을 먹는다. 병실로 돌아오니 연주는 누워 텔레비전을 보고 있다. 연주네 엄마는 연주의 속옷을 가지고 오겠다며 집으로 돌아간다. 수숫대처럼 마른 간호사가 들어오더니 옆 침대에 잠들어 있는 할머니 겨드랑이에 체온계를 꽂는다.

"너 그거 아냐?"

간호사가 나가자, 연주가 목소리를 낮춰 묻는다.

"우리 엄마가 저 간호사한테 과일 바구니 사다 줬다."

연주가 말한다. 나는 베어 먹고 있던 바나나를 꿀꺽 삼키며, "의사도 아니고 간호사한테?"라고 되묻는다. 연주는 고개를 끄덕이며 말을 잇는다.

"응. 그래야 주사를 한 대 놔줘도 안 아프게 놔주는 거래. 원래 환자 보호자들이 간호사한테 선물을 많이 갖다 바친대. 솔직히 의사보다 가까이 있는 게 간호사인데, 잘 보여서 나쁠 거 없으니까."

아까 그 간호사가 다시 들어와서, 맞은편 환자의 수액에 주사 한 대를 섞어 넣는다. 환자가 아프다고 끙끙 앓자, 간호사는 도도하면서도 예쁜 미소를 지으며 몇 마디 대꾸한다.

집에 돌아가기 위해 연주의 병실을 나온 나는, 데스크 쪽을 흘끗 쳐다본다. 간호사 두 명이 앉아 차트를 들척이고 있다.

"필요한 거 있으세요?"

내가 쳐다보는 것을 느낀 모양인지, 둘 중 한 명이 얼굴을 들고 묻는다. 나는 얼른 고개를 저어 보이고는 엘리베이터 쪽으로 걸음을 옮긴다.

담임은 한숨을 내쉰다. 나는 긴장된 표정으로 담임 앞에 앉아 있다. 인터넷 사이드를 뒤적이던 담임이 잠깐 판사늘이 근처를 문지르다가 입을 연다.

"꼭 간호대에 가야겠다고?"

"네!"

내 얼굴을 바라보던 담임이 목으로 낮은 신음 소리를 내며 이마를 긁적인다.

"지금 성적으로는 어려울 텐데. 대학은 단념하고 간호 학원 같은 데는 어떠니? 조무사 자격증을 따게 해 주는 곳이거든."

담임의 말에 나는 단호하게 싫다고 대답한다. 며칠간의 생각 끝에 간호사가 되겠다고 마음먹은 것은, 솔직히 환자들에 대한 동정심이나 봉사심에서 우러나온 결정은 아니었다. 나는 고등학교를 졸업하고 나면 더 이상 내게 쩔쩔매거나 나를 두려워할 아이들이 존재하지 않는다는 것을 알고 있다. 그러나 나는 언제까지나 나보다 약한 사람들 속에서 큰소리를 치며 생활하고 싶다. 간호사가 된다면 환자들 속에서 큰소리를 치며 군림하는 동시에 가끔씩 과일 바구니나 스타킹 세트 같은 선물까지 받을 수 있을 터이니 일석이조다. 이처럼 완벽한 직업이 또 어디에 있단 말인가.

"조금 더 심사숙고해 볼 필요가 있지 않겠니?"

담임은 서울, 그리고 그 부근의 대학교에 내가 지원할 수 있는 간호학과가 없다는 것을 설득하며 조금 안타까운 표정으로 묻는다. 그러나 심사숙고해진다고 해서 내게 더 나은 변화가 일어날 거라는 장담은 그 누구도 할 수 없을 것이다. 담임은 여러 개의 지방 대학교 홈페이지를 켰다 끄기를 반복한 뒤, 처음 들어보는 지방대의 간호학과 수시 전형 한 곳을 보여 준다. 아마 이쯤 되는 학교의 수시 전형이면 응시해 봐도 괜찮을 거라고 한다. 수시 전형의 원서 마감 날짜가 이틀밖에 남지 않았다. 더 미적거릴 여유가 없다.

"서울에서 너무 먼데 괜찮겠니?"

담임이 묻는다. 서울에서 먼 지방이라는 것은 우리 집에서 절대 통학이 불가능한 거리라는 것을 뜻하고, 그것은 곧 나의 '독립생활'을 의미한다. 이것이야말로 금상첨화다.

"그 정도의 긍정적인 마음가짐이라면, 어디 가서 뭘 하든 안심이구나."

담임은 내내 경직되어 있던 표정을 풀고는 볼펜 끝으로 내 무릎을 톡 건드린다.

나는 내가 지원하는 학교에 모델학과도 있다는 사실을 연주에게 전해 준다. 연주는 혹하는 눈치였지만, 자기가 지방대로 떠나고 나면 서울에 혼자 남을 엄마를 걱정한다. 엄마를 생각하면 서울 부근의 전문대를 들어가는 게 낫지 않겠냐 하는 것이다.

봉구 씨는 우울한 표정으로 햄버거를 먹는다. 그보다 앞서 햄버거를 먹어 치우고 감자튀김을 집어 먹고 있던 나는 끌끌 혀를 찬다. 기획사에서 봉구 씨네 공연을 마음에 들어 한 것은 사실이었으나 밴드 멤버 전부를 원하지는 않는다고 한다. 멤버들 중에 보컬과 베이스만 따로 계약을 맺고 트레이닝을 시작하는 게 어떻겠냐는 제안을 받았다는 것이다. 다시 말하자면 천재 예술가 봉구 씨는 그야말로 '배고픈 원숭이'가 되어 버린 셈이다.

"그래서 이제 어쩌려고요?"

캐스팅된 멤버들이 더 이상 밴드 활동을 하지 않겠다고 선언했기 때문에, 밴드는 새 멤버를 모집할 때까지 활동 중지 상태란다. 나는 봉구 씨가 계속해서 작곡을 했으면 싶다. 세상이 인정해 주지 않는다고 해도 스스로에 대한 신념 하나로 끝없이 도전하는 것이 어쩐지 천재 예술가와 잘 어울린다고 생각하기 때문이다.

"군대나 가야지."

봉구 씨는 손가락에 묻은 케첩을 빨아 먹으며 말한다.

"군대 갔다 와서도 계속 공연할 거죠?"

내가 말하자 봉구 씨는 유치원생 어린애를 보는 듯한 눈으로 나를 향해 피식 웃는다. 나는 오랜만에 보는 그의 거만한 표정이 마음에 들어서 따라 웃는다.

"그땐 밴드 할 시간 없지. 먹고살 준비 하느라."

나는 봉구 씨가 갑자기 아저씨처럼 보여 어깨를 으쓱한다. 그러나 그는 개의치 않고 콜라 속의 얼음을 꺼내 우적우적 씹는다.

"나중에 다른 일을 하게 되어서 밴드를 계속하지 못한다고 해도 내 꿈을 포기하진 않을 거야. 사람에겐 두 손이 있잖아. 한 손으로는 현실을 붙잡고, 다른 한 손으로는 꿈을 잡으면 되는 거 아니겠어?"

봉구 씨가 말한다. 그는 햄버거 세트를 사고 행사 사은품으로 받은 플라스틱 공룡 인형의 태엽을 돌린다. 공룡은 지익지익 소리를 내며 앞으로 걸어 나가다가, 감자튀김에 발이 걸려 넘어지고 만다. 봉구 씨가 웃는다. 나는 봉구 씨의 분홍색 티셔츠와 그의 가지런한 치아가 참 잘 어울린다고 생각하며 남은 콜라를 마신다.

집으로 돌아온 나는 컴퓨터 앞에 앉는다. 가볍게 팔을 흔들어 준비운동을 마치고, 인터넷을 켠다. 이윽고 손을 덜덜 떨며 '원서 접수'란을 클릭한다. 접수 양식에 맞게 작성한 내용을 열 번도 넘게 확인했다. '접수 완료'라는 글자가 뜨자 가슴이 두근거린다. 뒤에서 내가 하는 모양을 물끄러미 지켜보던 엄마가 방을 나간다. 잠시 후, 부엌에서 불고기를 볶는 고소한 냄새가 풍겨 온다.

연주는 무사히 퇴원해 학교로 돌아왔다. 연주가 회복하자마자 민정이가 바통 터치를 하듯 병원 진료를 받기 시작했다. 스트레스로 인한 원형탈모증 때문이었다. 나는 오빠에게 억지로 배웠던, 가부좌 명상법을 가르쳐 주었다. 오빠는 명상 동아리를 그만두고 문예창작 동아리에 가입했다. 그리고는 명상 따위를 통해 마음을 가라앉히려는 것은 나약한 인간들이나 하는 짓이며, 우리는 인생에서 맞닥뜨린 고뇌와 괴로움을 있는 그대로 받아들이고 극복해야 한다고 떠들어 대기 시작했다.

수시 1차 서류 심사에 붙어 면접을 보러 엄마와 함께 지방으로 내려갔다. 역에서 택시를 타고 학교까지 가는데, 도중에 젖소가 튀어나와 길을 막았다. 엄마는 놀라 까무러치려고 했다. 알고 보니 근처 목장에서 이탈한 젖소였다. 엄마는 땅값이 싸서 학교 부지가 넓은 거라고 했지만, 이유야 어찌 되었든 나는 드넓은 운동장을 품고 있는 대학교가 매우 마음에 들었다.

대학교 앞뜰에서 주워 온 붉은 단풍잎을 코끝에 갖다 대어 본다. 쌉쌀하면서도 맑은 냄새가 난다. 나는 잎맥이 선명한 단풍잎을 일기장 사이에 반듯하게 꽂아 둔다.

예상치 못한 연주의 맹장염이, 내 인생에 달콤한 입맞춤을 해 줄 줄이야!

15
졸업식

나는 내 인생에서 가장 해 보고 싶었던 것 중 하나를 이루었다. 바로 시험 답안지를 전부 한 개의 번호로 찍고 나오는 것이었다. 수능 날은 아침부터 진눈깨비가 날렸다. 수시에 합격했기 때문에 굳이 시험장에 갈 필요는 없었지만, 비싼 응시료를 낸 것이 억울하기도 하고 교문 앞에서 후배들의 격려도 받아 볼 참으로 시험을 보기로 한 것이다. 답안지를 받은 지 1분도 채 되지 않아 마킹을 마친 나는, 시험 내내 낮잠을 즐기기도 하고, 지금쯤 다른 사람들은 뭘 하고 있을까 생각하며 창밖의 하늘을 감상하기도 했다. 시험 감독관들은 어려운 시험에 좌절한 가엾은 아이를 보는 눈빛으로 나를 쳐다보았다. 나는 감독관과 눈이 마주칠 때마다 이를 드러내며 씨익 웃어 주었다. 시험이 끝날 무렵이 되자 기다렸다는 듯 함박눈이 쏟아졌다. 연주와 나는 제2외국어를 보지 않았기 때문에, 시험장 근처에서 율무차를 뽑아 마시며 민정이를 기다렸다.

"이번에는 수리가 어려웠대."

수리가 좀 약한 민정이가 걱정된다는 듯 고개를 젓는 연주는 정원 미달인, 등록만 하면 전원 장학금 혜택을 준다는 경기도에 있는 전문대에 붙었다. 그 애 말에 의하면, 예쁜 잔디밭이나 운동장은커녕 페인트칠이 부스럼처럼 떨어져 내리는 허름한 건물 한 채만 덩그러니 있는 학교라고 했다.

민정이는 목도리를 칭칭 감고도 오들오들 떨면서 나왔다. 하늘의 선녀가 머릿속의 비듬을 털어 대는 모양인지, 흰 눈은 쉴 새 없이 흩날려 우리 몸에 달라붙었다. 우리는 시험이 시작될 때 나눠 준 컴퓨터 사인펜을 시험장의 화단에 푹 꽂았다.

"무럭무럭 자라서 커다란 나무가 되어라. 내년 이맘때 잘 익은 사인펜을 주렁주렁 매달고 있기를 바란다."

우리는 키득거리며 사인펜 묘목을 향해 말했다.

시험이 끝난 다음 날부터 우리는 본격적으로 일본 여행 준비 모드에 들어갔다. 여행 경비를 위해 셋이 함께할 수 있는 아르바이트가 무엇이 있을까 고민하던 차에, 교문 앞에서 나눠 주는 명함을 받았다.

"엑스트라 아르바이트? 왜 진작 이 생각을 못했지?"

연주가 흥분된 목소리로 소리친다. 사무실에 가서 지원서만 작성하면, 촬영이 생길 때마다 바로 연락을 준다고 한다. 수능이 끝난 뒤 할 일 없이 거리를 방황하고 다니는 고3 학생들을 대상으로 아르바이트생을 모집하는 모양이었다. 우리는 그길로 사무실을 찾아간다. 영화 포스터가 곳곳에 붙어 있는 사무실에는 우리 말고도 근처 학교 교복을 입은 아이들 몇 명이 눈에 띈다. 두근거리는 마음으로 지원서를 작성하고 돌아서는데, 사무실에 있던 여자가 우리를 불러 세운다.

"이번 주 일요일에 뮤직비디오 촬영 있는데, 셋이 같이 나올 수 있어요? 기왕이면 교복 차림으로 오는 게 좋아요."

우리는 조금도 망설이지 않고 동시에 고개를 끄덕인다. 민정이가 좋아하는 혼성 듀엣의 신곡 뮤직 비디오란다. 출연료는 당일에 즉시 지급된다는 말을 듣자, 벌써부터 일본으로 가는 비행기 티켓을 손에 쥐기라도 한 듯 가슴이 벌렁거린다.

집으로 돌아가는 길에 연주가 갑자기 생각났다는 듯 나를 툭 친다.

"너 그 약속 기억하지?"

나는 쥐포를 입에 문 채 의아한 표정을 짓는다.

"왜 예전에, 수능 끝나고 나면 너희 오빠 정식으로 소개해 준다고 했잖아."

쥐치의 살아생전 역동적인 움직임을 기억하고 있는 뻣뻣한 쥐포 조각이 제멋대로 목구멍에 넘어 들어가 사레들린다. "내가 언제?" 하고 되묻자 연주는 입술을 비죽 내민다.

"너 예전에 내가 구두 빌려줬을 때 약속했잖아. 잊어버린 척하기는."

곰곰이 기억을 떠올려 보니, 얼핏 그런 말을 했던 것 같기도 하다. 오빠는 얼마 전에 한 살 연상의 학교 선배와 헤어졌다. 술에 잔뜩 취한 채, 사랑 따윈 부질없는 것이라며 고래고래 소리를 지르다가 수위 아저씨의 손에 이끌려 집으로 돌아온 것이 엊그제 같은데, 요즘은 또 미팅을 한답시고 바쁘다. 어릴 때부터 봐 온 연주를 오빠가 새삼스럽게 여자로 봐줄 리 만무할 텐데. 하지만 자리를 마련하는 것쯤이야 나에겐 일도 아니다.

"그래, 시간 잡아. 우리 오빠가 너 옛날에 팬티 바람으로 우리 집에서 굴러다니던 걸 잊어버렸어야 할 텐데."

오빠는 고개를 설레설레 젓는다. 어린애들은 가서 쭈쭈바나 사 먹고 놀라며, 책상에 있던 백 원짜리를 휙 던진다. 강의가 없다고 늦게까지 집에서 퍼질러 잔 오빠는 종일 세수도 하지 않고 있던 모양인지, 얼굴에 기름기가 좔좔 흐른다.

"싫다면 어쩔 수 없지 뭐. 오빠 연주 본 지 오래됐지? 걔 요즘 길에만 나가면 여기저기서 캐스팅하겠다고 난리야."

나는 주특기인 과장을 덧붙여 말한다. 오빠가 배를 긁적거리며 눈을 가늘게 뜨고 나를 올려다본다. 눈에 매미 껍질 부스러기 같은 눈곱이 덕지덕지 껴 있다. 저 모습 그대로 서울역에 옮겨다 놓기만 하면 정말이지 어디 내놔도 빠지지 않는 노숙자의 표본이다.

도대체 연주는 오빠의 어디가 마음에 든다는 것일까.

"니가 정 원한다면 한번 만나 줄 수도 있고."

오빠가 말한다. 그 표정을 슬쩍 살핀 나는 회심의 미소를 짓는다. 그리고는 혼잣말하듯 중얼거린다.

"아니야. 연주한테는 다른 애 소개해 주지 뭐. 걔가 워낙 몸매도 좋고 예뻐서, 인사는 아마 톡톡히 받을 거야."

누워 있던 오빠가 슬며시 몸을 일으킨다. 내 머릿속에 길게 누워 있던 계산기도 오빠를 따라 재빨리 몸에 불을 밝힌다. 오빠는 내일이라도 시간을 낼 수 있다고 한다. 나는 문고리를 만지작거리며 썩 내키지 않는다는 표정으로 뜸을 들인다. 그리고 오빠의 말에 대꾸를 하는 대신, 연주의 끝내주는 머릿결이라든가 희고 가느다란 종아리에 대해서 혼자 독백을 하듯 감탄하기 시작한다. 이윽고 오빠는 내 속셈을 알겠다는 듯 서랍 속에서 지갑을 꺼낸다. 나는 10분쯤 흥정을 하다가 지폐 몇 장을 받아 들고 오빠의 방을 나선다.

연주는 연주대로 어제저녁 내게 부대찌개를 한턱 쐈다. 오빠가 네댓 명 정도 있었더라면 다른 아르바이트를 할 필요 없이 이런 사업으로도 충분히 먹고살 수 있었을 텐데. 나는 입맛을 다시며 돈을 주머니에 찔러 넣는다.

다음 날, 오빠는 약속 시간에 맞춰 연주를 만나러 나갔다. 나는 텔레비전을 보며 귤을 까먹고 있다. 두 시간쯤 지났을 무렵 연주와 오빠에게 문자를 보냈지만, 둘 다 답이 없다.

일요일 아침, 민정이의 전화가 없었더라면 아르바이트 약속을 잊고 내리 늦잠을 잘 뻔했다. 집을 나서자 칼바람이 귀를 때린다. 나는 교복 위에 걸쳐 입은 코트 앞자락을 여미며 모집 장소로 향한다.

"자 자, 빨리들 올라타세요!"

사무실 건물 앞 쪽에는 버스 두 대가 대절되어 있다. 우리 또래 학생들부터, 집에서 입던 목이 늘어난 스웨터를 그대로 입고 온 듯한 아줌마, 얼굴이 기미로 뒤덮여 당최 나이를 가늠할 수 없는 아저씨까지 생각보다 다양한 사람들이 북적거리며 모여 있다. 우리는 명단에서 이름을 체크한 뒤, 버스에 오른다. 나는 일어나자마자 부랴부랴 뛰쳐나온 바람에 얼굴이 빵 껍질처럼 거친데, 연주는 옅은 화장까지 하고 나왔다. 며칠 전에 했던 오빠와의 데이트에 대해 집요하게 물어보아도, 이 계집애는 딴청만 피울 뿐 대답할 생각을 하지 않는다. 이런, 배신자 같으니.

버스가 출발하기 무섭게 나는 차창에 머리를 기댄 채 잠이 든다. 민정이가 흔들어 눈을 뜨고 창밖을 내다보자, '수산물 창고'라는 간판이 달린 커다란 컨테이너 박스 한 개가 보일 뿐 사방이 황량하다. 수염이 얼굴의 반을 뒤덮은 스태프 한 명이 마이크를 쥐고 사람들을 깨운다. 차가 멈춘 곳은 드넓은 아스팔트가 끝없이 깔려 있는 낯선 도로다. 눈에 보이는 것이라고는 아직 설치 중인 촬영 장비와 멀찍이 떨어진 곳의 공사장이 전부다.

"여기 인천이래."

민정이가 주위를 두리번거리며 말한다. 확성기를 든 스태프가 아스팔트 한가운데에 서서 사람들을 불러 모은다. 우리는 차가운 아스팔트 바닥에 앉아 촬영이 시작될 때까지 한 시간 남짓 기다린다. 엉덩이를 타고 올라온 찬 기운에 아랫배까지 살살 아파 온다.

"저기요, 가수는 언제 와요?"

지나가던 촬영 스태프를 붙들고 민정이가 묻는다. 그는 심드렁한 표정으로 민정이를 내려다본다.

"안 와요."

"뮤직 비디오 촬영이라면서요?"

스태프는 무전기에 대고 무어라고 중얼거리더니 성의 없이 한 마디를 툭 내던진다.

"가수는 따로 촬영해서 합성하는 거죠."

차가운 바람이 휭하니 불어와 머리칼을 흐트러뜨린다. 우리는 무언가 불길한 예감을 느끼며 서로의 얼굴을 마주 쳐다본다.

촬영은 여덟 시간 동안 진행된다. 우리는 음악조차 흘러나오지 않는 아스팔트 위에서 끊임없이 펄쩍펄쩍 뛰어야 했다. 점심에는 버스 기사가 안에서 담배를 피운 모양인지, 담배 냄새가 진동하는 버스 안에서 도시락을 먹었다. 나는 눈이 퀭해진 채 바닥에 주저앉아 철근처럼 무거워진 다리를 주무른다. 돈이고 뭐고 다 때려치우고 집으로 돌아가고 싶지만, 아스팔트 위에는 버스는커녕 자전거조차 보이지 않는다. 다른 엑스트라들은 이런 작업이 꽤 익숙한 모양인지 모닥불을 만들어 놓고 여유 있게 휴식 시간을 보낸다.

"뮤직비디오에서 우리 얼굴은 보이지도 않겠다."

연주가 탄식조로 말한다. 촬영을 하던 도중에 연주는 키가 꺽다리처럼 크고 졸린 눈을 하고 있는 남자에게서 마음에 든다는 고백을 받았다. 우리는 너무 지쳐 있었기에 비웃을 힘도 나지 않았다.

"저기 저 사람은 10년 넘게 이런 일만 하고 있대."

민정이는 혼자 앉아 멍하니 촬영 세트를 바라보고 있는 아줌마를 가리키며 말한다. 파마머리가 지저분하게 풀린 아줌마는, 마치 동네 슈퍼에 두부를 사러 나온 차림 같다.

"그야말로 만년 엑스트라네."

연주는 하얗게 언 손등을 비비며 말한다.

"저 사람도 자기 인생에서는 자신이 주인공일 텐데, 뭐."

내가 말한다. 스태프들은 다시 촬영에 들어가자며 사람들을 일으켜 세운다.

"그거면 된 거지. 어차피 우리 모두가 주인공인 동시에 엑스트라인 거니까."

민정이가 손을 탈탈 털고 말하며 일어선다. 우리 셋은 사람들을 비집고 나가, 카메라앵글 바로 앞에서 얼굴을 드밀고 뛰었다. 스태프가 조금 물러나라는 사인을 보냈지만, 못 본 척 몸을 흔들어 댔다. 연주는 팔을 몸에 붙이고 지렁이 춤을 추다가 뒤로 나동그라졌다. 카메라 감독이 '컷'을 외치고 우리는 스태프들의 손에 밀려 맨 뒤쪽으로 옮겨졌다. 우리는 너무 웃어 대는 바람에 배가 아파서, 더 이상 제대로 뛸 수가 없었다. 사람들이 우리 쪽을 흘끔거렸다. 이상하게도 그게 또 기분이 좋아서, 우리는 더 크게 웃었다.

촬영을 마치고 받은 돈은 4만 원이었다. 우리는 서울에 도착하자마자 굶주린 배를 쥐고 근처 돼지불고기집으로 뛰어든다. 그리고 콜라와 사이다까지 잔뜩 시켜, 일당의 반 이상을 지출했다. 배를 두드리며 밖으로 나왔을 때는, 함박눈이 날리고 있었다.

"올해는 눈이 많이 올 것 같아."

연주는 혀를 내밀어 스모그에 찌들어 있는 눈송이를 받아먹는다.

"으, 먼지 맛이 나."

연주가 콧잔등을 찡그린다. 우리는 나란히 서서 말없이 걷는다. 미래의 모델과 간호사, 변호사가 나아가는 길 위로 눈이 소리 없이 쌓인다.

"우리, 만년 주인공 맞는 거지?"

사거리 앞에서 연주가 장난스러운 표정으로 말한다. 나는 눈을 한 움큼 집어, 연주의 옷 속에 밀어 넣고 도망친다.

고모가 졸업 축하금을 보내 주셨다. 돈을 본 엄마는 굶주린 독수리가 먹잇감을 가로채듯 등록금으로 써야 한다며 전액 몰수했다. 고모는 미국인 영감님 덕분에 행복한 노후 생활을 보내는 중이란다. 두 분은 서로 개를 산책시키다가 만났다고 한다. 저 벤치 밑에 떨어진 것이 둘 중 뉘 집 개의 똥이냐 하는 다툼으로 시작된

만남이 어느새 6개월째 접어들고 있다고 한다.

고등학생으로서의 마지막 겨울방학 동안, 민정이와는 거의 만나지 못했다. 민정이는 목표했던 대학에서 떨어져, 재수를 하기로 결정했다. 민정이답게 마음먹은 즉시 학원에 등록했는데, 휴대폰까지 정지시킨 탓에 연락이 잘되지 않았다. 연주와 나는 빨간 주머니에 들어 있는 행운의 부적을 민정이네 현관문 고리에 걸어 두고 왔다.

"미안해, 한 번만 봐주라."

연주는 두 손을 딱 붙이고 내게 사정한다. 당연히 나와 함께 보낼 줄 알았던 새해 전야를 오빠와 보내기로 했다는 것이다. 나는 지구상의 모든 커플들을 저주하며 날도 어두워지기 전에 일찍 집으로 돌아온다. 오빠는 이제 막 밖으로 나가려던 참인가 보다. 화려한 포장지로 싼 선물 꾸러미를 들고 있다.

"동생은 눈에 안 보이냐?"

내가 빽 소리를 치자, 오빠는 내 방을 턱짓으로 가리킨다. 나는 잽싸게 방으로 들어와 두리번거린다. 책상 위에 건성으로 던져진 미니 쇼핑백이 보인다. 쇼핑백에서 나온 것은 화장품가게에서 공짜로 나눠 주는 화장솜 한 상자다.

오빠와 연주에게서 느낀 서러움은 그날 저녁 아빠와 엄마가 풀어 주었다. 오빠를 제외한 우리 세 식구는 근처 레스토랑에서 오랜만에 외식을 했다. 우리는 집으로 돌아와 텔레비전 너머로 제야의 종소리를 들었다. 새해가 되면 아빠는 새로운 일을 시작할 생

각이라고 했다. 엄마는 현재 체중에서 5킬로그램을 빼는 것이 목
표라고 했다. 나는 무슨 계획을 세울까, 한참 고민하다가 "새해에
는 지금보다 더 행복해져야지!" 하고 말했다.

졸업식이다. 예정대로라면 연주는 눈과 코를 성형하고 부기가
덜 빠진 상태로 등교해야 했다. 그러나 그 애 말에 의하면, 방학 내
내 오빠를 만나느라 수술할 시간이 없었다고 한다. 교실에서 졸업
가운을 걸치고 있는데 후배들이 우르르 몰려 들어온다. 앞다투어
꽃다발과 선물을 내미는 눈빛에 각자 무언가를 호소하는 간절함
이 담겨 있다. 2학년 아이들 무리에서 차기 대표를 뽑는 것은 졸업
하는 3학년의 몫이다. 그런데 나는 아직까지 차기 문제아 대표 선
출 결과를 통보해 주지 않은 것이다. 모두들 서로 자기를 지목해
달라는 메시지를 담고는, 애절한 얼굴을 하고 있다. 나와 연주는
가운 자락을 펄럭이며 아이들을 이끌고 학교 뒤뜰로 간다. 우리는
겨우내 물을 빼 놓아서 먼지만 쌓인 연못 앞에 선다.

"10원짜리를 던져서 저 돌 위에 올리는 사람이 내년 대표다."

내가 말하자 아이들이 웬 뚱딴지같은 이야기냐는 표정으로 서
로를 흘끔거린다. 동작 빠른 아이 한 명이 얼른 10원짜리 한 개를
꺼내 연못으로 던진다. 빗나간다. 여섯 명의 아이들이 앞 다투어
10원짜리, 혹은 무게가 있는 것이 좋다며 5백 원짜리를 던져 대지
만 돌 위에 올라가는 동전은 한 개도 없다.

"안됐다. 내년에 니들 대표는 없어."

혀를 끌끌 차며 돌아서자 아이들이 "그럼 저희는 어떡해요."라며 불만스럽게 대꾸한다. 나는 팔짱을 끼고 아이들을 한번 주욱 훑어본다.

"어쩔 수 없지. 앞으로도 내가 계속 대표를 떠맡을 수밖에!"

후배들의 수군거림을 뒤로하고 나와 연주는 킬킬거리며 교실로 뛰어 올라산다.

복도를 지나는데 주임 선생이 나를 향해 까딱까딱 손짓을 한다. 나는 연주를 향해 혀를 쑥 내밀어 보이고는 주임 선생에게 다가간다.

"직녀 너, 간호대 붙었다며?"

주임 선생은 졸업식이라고 옷차림에 신경을 쓴 모양이지만, 쑥색 양복과 파란색 넥타이가 마치 시골 소장수 아저씨처럼 촌스럽다. 나는 터져 나오려는 웃음을 참고 고개를 끄덕인다.

"환자들을 얼마나 괴롭히려고 그러냐. 대학 가서는 제발 사고 치지 말고 얌전히 지내라."

졸업생들은 강당으로 모이라는 방송이 들려왔기에, 나는 주임 선생에게 고개를 꾸벅 숙여 보이고는 얼른 자리를 뜬다. 식이 끝나고 교실로 돌아온 우리는 사진을 찍느라 바쁘다. 사물함 위에 올라가 드러누워 찍기도 하고, 책상 위에 널브러져 기절한 척 포즈를 취하며 찍기도 한다. 담임은 마지막 종례를 하며 울먹인다. 우리는 마치 아이돌 가수를 응원하듯 "울지 마! 울지 마!"를 반복한다. 오빠는 나보다 연주 곁에 붙어 사진을 찍는 횟수가 더 많다.

연주와 나와 민정이는 복도와 교실에 바글거리는 사람들을 헤집고 서로를 찾아냈다. 셋이 나란히 붙어 카메라 앞에 선다.

"우리, 이제 곧 흩어지겠네."

연주가 품에 안은 꽃다발에서 꽃향내를 풍기며 말한다. 민정이는 연주가 귀엽다는 듯, 장난스럽게 그 애의 머리칼을 흐트러뜨린다. 왁자지껄한 소리가 들려 뒤를 돌아보니, 아이들이 주임 선생을 둘러싸고 마치 괴물 모형과 기념사진을 찍기라도 하는 듯한 괴상한 포즈로 사진을 찍고 있다.

"우리 뭐 하나 잊은 게 있지 않아?"

내가 말하자, 연주와 민정이는 당연하다는 듯 고개를 끄덕인다.

얼마 뒤, 문이 열린 채 방치되어 있는 학생부실로 잠입한 우리는 창가 주임 선생의 자리로 간다. 수업도 없는 졸업식인데 무얼 그렇게 넣어 가지고 왔는지, 가죽 가방이 빵빵하게 부풀어 있다. 가방 옆쪽으로 길이와 굵기가 다른 세 개의 몽둥이가 보인다. 우리는 몽둥이를 하나씩 집어 든다.

"니들 거기서 뭐 하냐?"

체육 선생이 학생부실로 성큼 들어오며 묻는다. 우리는 동시에 "꺄악!" 하는 비명을 내지르며 몽둥이를 들고 학생부실 밖으로 튀어 나간다. 앞다투어 복도를 지나, 현관을 빠져나가, 운동장을 가로지르며 내달린다. 운동장 가운데에 멈추자마자, 약속이라도 한 듯 몽둥이를 있는 힘껏 집어 던지고, 서로를 끌어안는다.

그날 밤 꿈을 꾸었다. 나는 까치와 비둘기, 참새와 타조, 닭과 오리 들이 만든 새 다리의 한쪽 끝에 서 있었다. 달빛이 내 동그란 이마를 환하게 밝혀 주었다. 새들의 날갯짓으로 출렁이는 긴 다리는 반대쪽 끝이 보이지 않았다. 조심스럽게 한 발짝을 내디뎠다. 내 발 밑에 있는 새들은 나에게 확신을 주려는 듯 더욱 단단하게 등에 힘을 주고 부지런히 날갯짓을 해 댔다. 나는 숨을 크게 들이마시고는 천천히 앞으로 나아가기 시작했다. 다리의 끝이 어디를 향해 있는 것인지, 끝에 맞닿았을 때 무엇이 나를 기다리고 있을지는 알 수 없다. 하지만 그런 것쯤은, 아무래도 좋았다.

끝과 시작은 늘 사이좋은 친구처럼 같은 자리에 붙어 앉아 나를 기다린다.

이 책은 내게 의미가 크다.

집필 당시에 나는 어렸고, 겁도 없었으며, 아무도 강요하지 않았음에도 스스로에게 가혹하게 굴었다. 그 와중에 이 책이 나왔고 덕분에 잠시 한숨 돌리며 앞으로 어떻게 작가 생활을 해 나갈지에 대해 조금 여유 있게 생각할 수 있었던 것 같다.

지금의 나는 서른 살이 되었다.

미친 듯이 놀고 일하고 사랑했던 20대 내 모습에 후회는 전혀 하지 않는다.

뭐라도 한마디, 나보다 어린 친구들에게 해 주고 싶은 말이 있다면 반드시 최고가 되거나 바람직한 꿈을 향해 돌진해야 할 필요는 없지만 기왕 눈앞에 젊음이 놓여 있을 때 무엇 하나에 미쳐 보는 것은 추천할 만한 일이라는 거 정도다.

"개인의 취향이니 존중해 주시죠."라는 요즘 개그를 좋아한다.

내가 내 취향이나 일을 사랑하면 사람들도 쉽게 무시하지 못한다.

당장은 서툴거나 어설픈 게 당연할 것이다. 그러나 5년 10년, 시간이 흐르는 동안 꾸준히 그 무언가를 아끼고 쫓는다면 그 분야에서만은 누구보다도 잘 뛰어놀 수 있으리라고 생각한다.

이렇게 뜻깊은 책을 다시, 예쁘게 재발간해 주시는 나무옆의자에 감사의 말씀을 전한다.

늘 세심하게 마음을 써 주셔서 위로가 된다.

세월호 사고가 일어난 지 1년이 되어 가는 시점이다.

아무것도 모른 채 숨진 어린 학생들과 누군가의 소중한 가족이었던 여러 사람들을 추모하며 글을 마친다.

2015년 4월

전아리

소설BLUE 01

직녀의 일기장

초판 1쇄 발행 2015년 5월 15일
초판 3쇄 발행 2020년 3월 23일

지은이 전아리
펴낸이 이수철
본부장 신승철
편 집 하지순
디자인 권석중
마케팅 안치환
관 리 전수연

펴낸곳 나무옆의자
출판등록 제396-2013-000037호
주소 (03970)서울시 마포구 성미산로1길 67 다산빌딩 3층
전화 02) 790-6630~2 팩스 02) 718-5752

페이스북 www.facebook.com/namubench9
카페 cafe.naver.com/namubench
인쇄 제본 현문자현

© 전아리, 2015
ISBN 979-11-955006-0-4 03810